集英社オレンジ文庫

# 掌侍《ないしのじょう》・大江荇子《こうこ》の宮中事件簿　五

小田菜摘

本書は書き下ろしです。

# CONTENTS



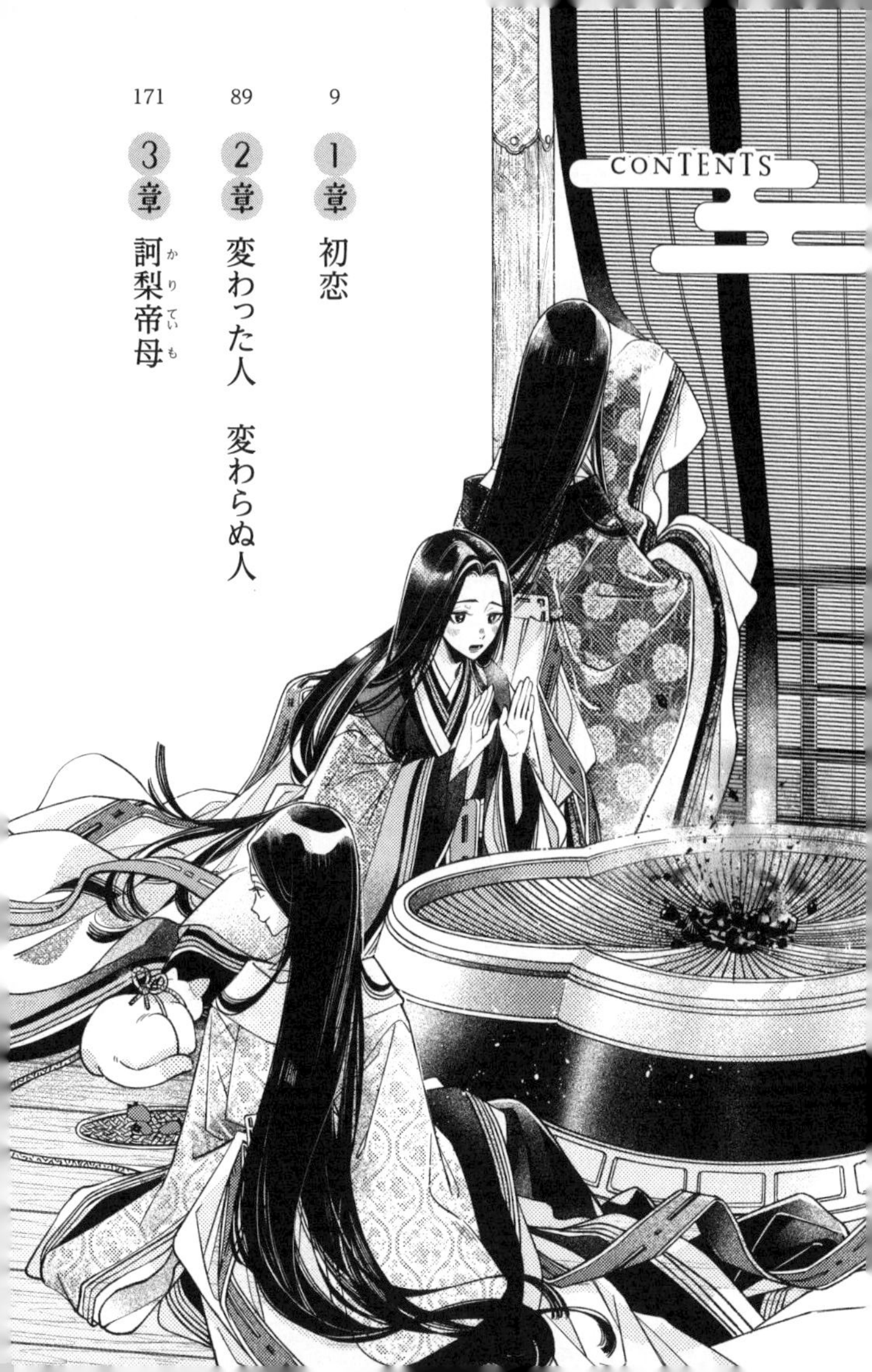

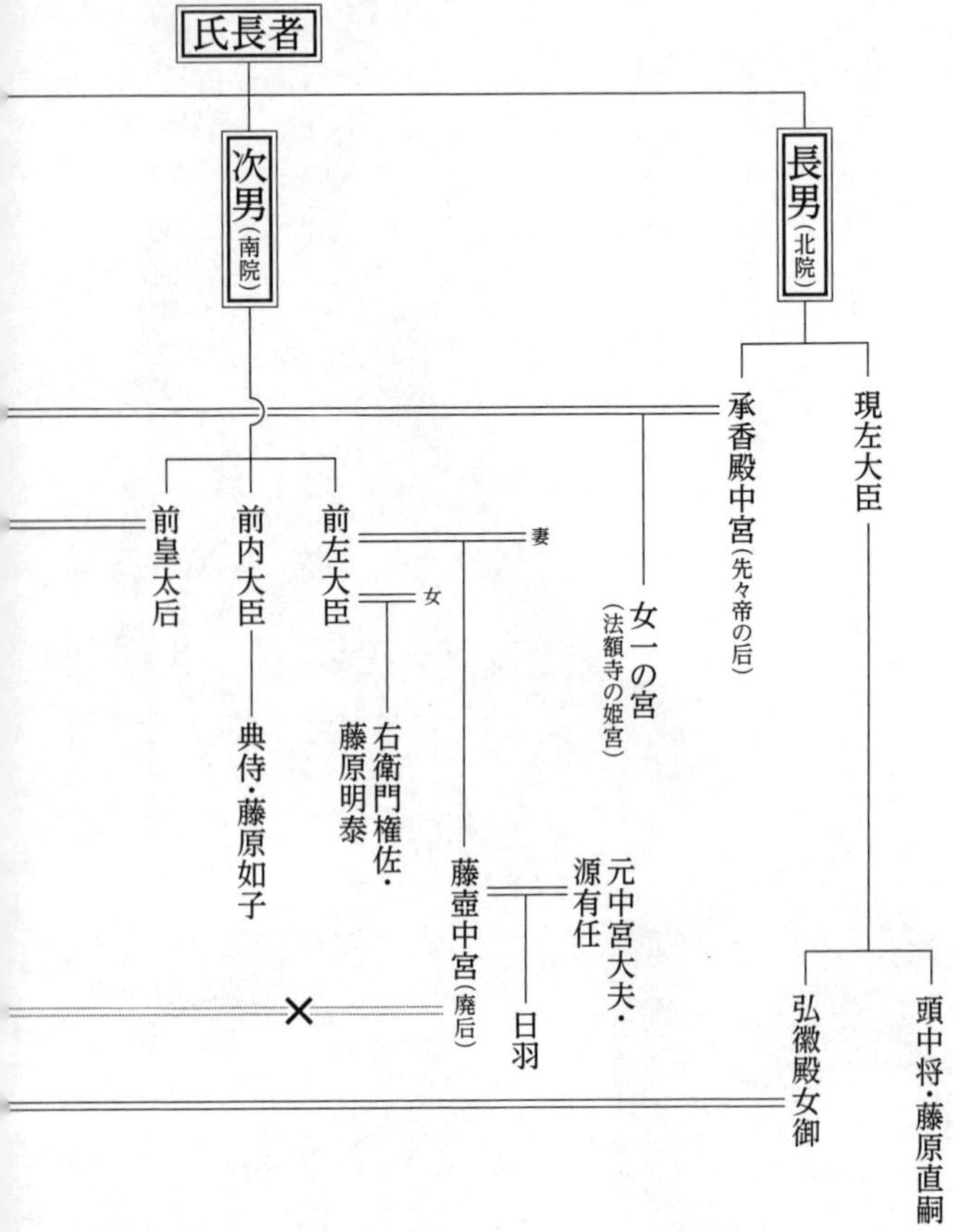
氏長者
次男（南院）
長男（北院）
現左大臣
承香殿中宮（先々帝の后）
女一の宮（法額寺の姫宮）
前左大臣
前内大臣
前皇太后
妻
女
元中宮大夫・源有任
藤壺中宮（廃后）
日羽
右衛門権佐・藤原明泰
典侍・藤原如子
頭中将・藤原直嗣
弘徽殿女御

系譜

## 主な登場人物紹介

**大江《おおえ》荇子《こうこ》**
自立自活を信条に生きる内裏女房。征礼とは同郷で育った幼馴染。

**藤原征礼《ふじわらのまさゆき》**
不遇の時代を長く過ごした帝に寄り添い、信頼を勝ち取った唯一の家臣。

**今上《きんじょう》（主上《おかみ》）**
禁忌を犯し、秘密を荇子と共有する。

**橘卓子《たちばなたくこ》**
無邪気で時に無神経な荇子の後輩。

**藤原如子《ふじわらのゆきこ》**
美しく聡明だが大変に毒舌家の女房。

**竜胆宮《りんどうのみや》**
先の東宮・北山の宮の遺児。東宮立坊を控えている。南院の流れを汲むが、南院家とは袂を分かっている。

**弘徽殿女御《こきでんのにょうご》**
帝の寵愛を受ける女御と目されている。北院家の姫で、直嗣の異母姉。

**麗景殿女御《れいけいでんのにょうご》**
一の大納言の娘。地味で目立たぬ存在だったが、最近帝の寵愛が深まった。

**藤原直嗣《ふじわらのなおつぐ》**
頭中将。権勢をふるう北院家の嫡男で、弘徽殿女御の異母弟。

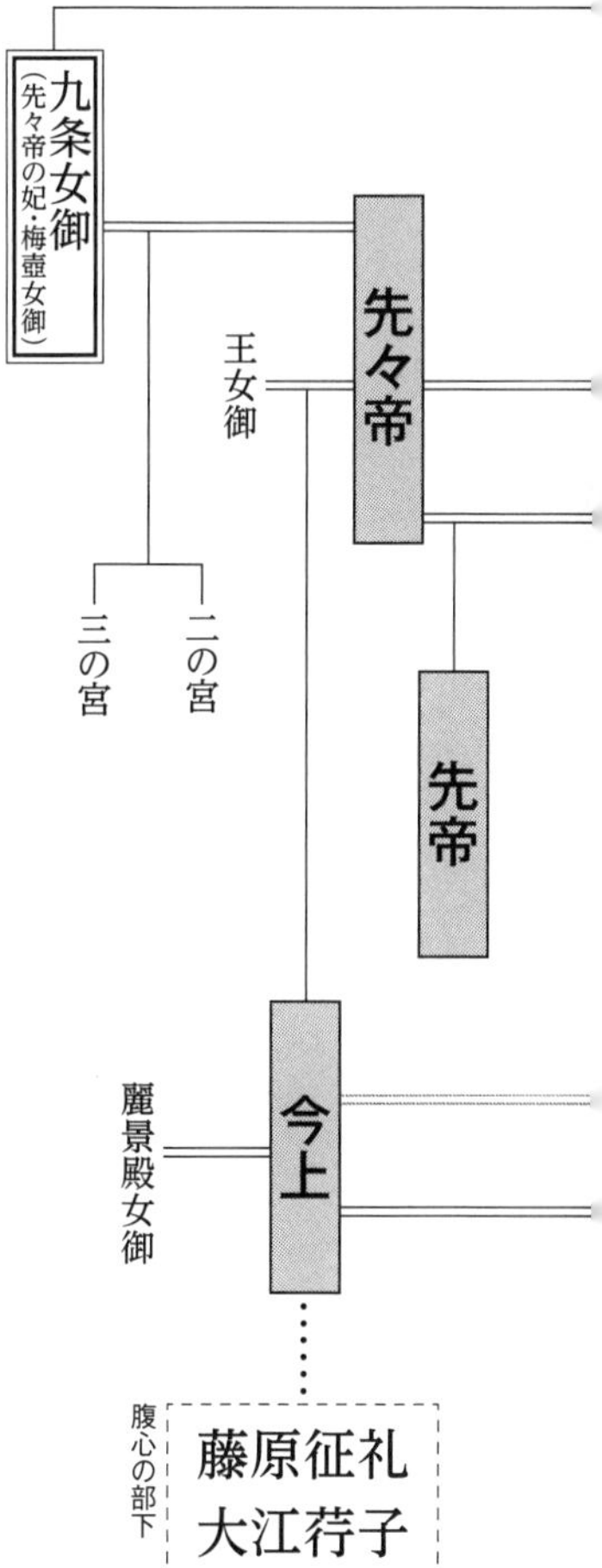

イラスト／ペキォ

掌侍・
大江荇子の
宮中事件簿
ないしのじょう
おおえこうこの
きゅうちゅうじけんぼ
五

# 1章

# 初恋

霜月《しもつき》中旬。新嘗祭《にいなめさい》を間近に控えた吉日に、先の東宮《とうぐう》・北山《きたやま》の宮《みや》の遺児、竜胆宮《りんどうのみや》に親王宣下がなされた。祝宴は加冠役《かかん》に決まった三条大納言《さんじょうのだいなごん》の邸《やしき》で行われ、次期東宮と目される十四歳の少年のもとには、あふれるほどの祝いの品が届いたとたいそう評判になったが、実際のところがどうなのか内裏女房《だいりにょうぼう》である荇子《こうこ》は分からない。

「いや、あれぐらいで普通じゃないかな」

儀式に参加をした征礼《まさゆき》が言った。耳の後ろをぽりぽりとかきながら語るさまなど、完全にくつろいでいる。十五年来の幼馴染《おさななじみ》の局《つぼね》なのだから、それもとうぜんというべきか。

一緒にいよう――おたがいの気持ちは確認しあったけれど、だからといってとつぜん関係が婀娜《あだ》めくわけもない。生真面目《きまじめ》で堅実という似た者同士だから、たとえ恋人となったところでそんなものである。げんにいま荇子がつけている綿入りの袿《うちき》も、浅縹《あさはなだ》の平織《ひらおり》という完全な褻《け》の衣装で洒落《しゃれ》っ気など微塵《みじん》もない。それでも袖口《そでぐち》から淡蘇《うすすおう》芳色の単《ひとえ》をのぞかせる彩などはけっこう気に入っているのだが。

とはいっても言葉にして関係をはっきりさせたことで、これまで二人の間にうっすらとあった遠慮《えんりょ》がなくなったことは確かだった。

「そうなの？　じゃあどこでそんな大袈裟《おおげさ》な話になったのかしら」

「だからといって、別に貧相なわけではなかったから。三条大納言と関係のある公卿《くぎょう》、殿《てん》上人達《じょうびと》は全員が祝いの品を贈っていたし。けど、どうせ近いうちに元服《げんぷく》と立坊《りつぼう》、そのすぐあとに三日夜《みかよ》の祝いも贈らなきゃならないから、ちょっとは控えめになっていたかもしれない」

征礼の説明は、貴族達の現実的な懐《ふところ》事情を表している。

元服、あるいは女子の成人の儀である裳着《もぎ》は、そのまま結婚につながることが少なくない。特に女子などは、結婚が決まったから裳着を行うという展開も多い。

竜胆宮の場合、添臥《そいぶし》には三条大納言の大姫が選ばれた。庶出《しょしゅつ》の姫だが、十六歳と竜胆宮との年回りもちょうどよい。添臥とは元服の夜、冠者《かじゃ》に添い寝をする娘のことで、年上が選ばれることが多い。そしてこの場合、そのまま夫婦となることが大半だった。三条大納言も熟慮の上、竜胆宮を婿として迎えることを決めたのだった。

「それなりに立派な品々だったよ。ちょっと話題になった物もあったし」

話題？　と荇子は首を傾《かし》げる。

「仏像だよ。それが遠信《えんしん》が手掛けた物だというので、注目を集めたんだ」

「遠信って、あの評判の仏師？」

その名は荇子ですら知っている。当代一の誉《ほま》れも高い仏師である。あらゆる作品の評価が高いが、特に菩薩《ぼさつ》や吉祥天《きっしょうてん》のような、優美さを強調される仏像が秀逸と評判だ。木から天女を生み出すとまで称される彼が作品を納めた寺は、それだけで拝観者が倍増するとさえ言われているほどだ。

「五年先まで依頼が受けられないと聞いているけど、よく発注できたわね」

「いや、実際におおまかを作ったのは弟子らしいけど。だとしても遠信の工房から納品されたものだから、彼の指導下で、その目には適《かな》ったということだ。それだけでも一見の価値はある。それに遠信がかかわった作にしては毛色がちがったので、そのことも評判になったんだよ」

そう言って征礼は、自分の顎《あご》から腹のあたりまで両手を縦に広げた。

「これぐらいの大きさの、執金剛神《しっこんごうしん》だった」

意外な名称に苻子は驚く。執金剛神とは、金剛杵《しょ》を手に仏法を守護する天神である。その役割上、憤怒《ふんぬ》の形相《ぎょうそう》にたくましい身体《からだ》付きなどの勇猛《ゆうもう》な姿で表現される。

「大きいものではなかったけれど、緻密なのに迫力があって素晴らしい像だった。ただ優美さが持ち味の遠信の工房にしては珍しい作品だから、彼の身辺になにか起きたのではと余計な詮索《せんさく》までしている方もいたよ」

そのときの状況を、征礼はそう説明した。確かにこれまでの遠信の作風を考えれば、意外ではある。彼の配下からそのような作品を手掛ける仏師が出たことも驚きだ。同時に遠信という師匠《ししょう》が、自分とちがう作風の弟子をきちんと受け入れられる度量の持ち主だということも分かる。

「それは貴重な像ね。竜胆宮様も喜んでおられたでしょう」

「――困惑しておられたよ」

荇子は怪訝《けげん》な顔をする。竜胆宮の年頃なら、仏像に興味がなくともおかしくはない。しかし困惑というのは、反応としてちょっと不思議な気がする。

「え、どうして？」

「送り主が、右衛門権佐《うえもんのごんのすけ》だから」

とっさにぴんとこなかった。内裏に出入りしている殿上人ならば、官職を言われればたいていは顔が浮かぶのだが。つかの間考えたあと「あ」と短く声をあげる。征礼はそうだとばかりにうなずく。

「藤原明泰《ふじわらあきやす》殿。南院《なんいん》家の当主だ」

近年の朝政の要職は、北院《ほくいん》家系に連なる者が多数を占《し》めている。左大臣《さだいじん》を当主とするこの家筋の嫡出子《ちゃくしゅつし》が、弘徽殿女御《こきでんのにょうご》と頭中将《とうのちゅうじょう》・藤原直嗣《なおつぐ》である。身《み》罷《まか》られた先々帝の后《きさき》・承香殿中宮《しょうきょうでんちゅうぐう》は彼らの伯母《おば》にあたる。

しかしつい数年前まで、権勢を牛耳《ぎゅうじ》っていたのは南院家だった。

現状の北院家は、いくら中心を成すといっても要職を独占まではしていない。内大臣《ないだいじん》や一の大納言が左大臣と対立しているように、嫡流から少し離れた家柄の者も相応の地位と権力を得ている。

しかし南院家はちがっていた。彼らはその権勢に任せ、身内の者を年齢や能力に問わず次々と要職につけた。その点でいまの北院家など比較にならぬほどに横暴だった。

両家の家祖は、異母兄弟の関係だった。正室腹の長男が北院家、継室腹の次男が南院家と呼ばれるようになった。継室とは後添《のちぞ》いのことで、次妻や側室とは立場が異なる。兄も弟もどちらも正室腹だった。ゆえに対立が生じても、双方が引くことはなかった。

とうぜんながら兄の娘が先に長じ、先々帝に入内《じゅだい》をする。この方がのちの承香殿中宮である。このとき後宮にはすでに二人の妃がいた。一人は今上《きんじょう》の母となる王女御。もう一人は次兄の同胞《はらから》の妹、北院家の長兄からすれば異母妹となる姫君である。

当時は梅壺《うめつぼ》女御と呼ばれていた彼女は、同腹ということもあり、南院家の次兄とは仲が良かった。対して母のちがう長兄とはもともとが疎遠《そえん》であったところに、姪《めい》の入内となったものだから、ここにきて異母兄妹は完全に対立してしまった。

その中で、王女御が今上を産んだ。しかし母親の立場上、有力な皇子にはなりえない。次に長兄の娘・承香殿女御（当時は立后《りっこう》前）が身ごもったが、生まれたのは女児であった。その翌年、梅壺女御が男児を産んだ。後ろ盾の強さから考えても、まちがいなくこの子が東宮になると考えられた。しかも数年後、梅壺女御はふたたび懐妊した。他の二人の女御への寵愛《ちょうあい》はつづいていたが、最初の子以降、彼女達が身ごもることはなかった。

梅壺女御の将来は順風満帆《じゅんぷうまんぱん》と思われた。立后はまず間違いないと目されていた。

だが運命は突如として彼女に牙を剝《む》いた。五歳になっていた皇子が赤疱瘡《あかもがさ》（麻疹《はしか》）に罹《り》患《かん》して高熱を発し、なんとか命はとりとめたものの、四肢《しし》は動かず会話すらできない寝たきりの状態となってしまったのだ。

悲嘆にくれる中、梅壺女御はふたたび男児を産んだ。この子は風にも当てぬように大切に育てられた。しかしどうした運命なのか、兄宮と同じ五つの年に弟宮もまた同じ病に罹患して、彼までも後遺症を負ってしまう。

ようやく年頃になった次兄の娘が入内したのは、その少し前のことだった。先日出家《しゅつけ》をした先の皇太后である。この件にかんして、仲の良かった同胞の兄妹の間でどのようなやりとりがあったのかは不明だが、新しい妃は首尾よく男児を産んだ。これが先帝である。

梅壺女御は、身体が不自由な二人の息子を連れて御所を下がった。そこにどういった思いがあったのかは想像に難くない。

娘が男児を産んだことで、次兄である南院家勢力が強くなる。父親の権勢を良いことに、娘は高慢になり、早くからいる二人の女御、加えて彼女達が産んだ子供を蔑《ないがし》ろにするふるまいを繰り返した。それを苦々しく思ったからなのか、あるいはやはり長兄である北院家が主筋だと考えたのかは分からぬが、先々帝は女子しか産んでいない承香殿女御を中宮にたてた。

この当時の状況を荇子は知らぬが、先の皇太后は怒りのあまりしばらく実家に帰ってしまったという。それで中宮所生の女一《おんないち》の宮《みや》、すなわち今上の異母妹が『御所がこんな静かな場所だったことを、しばらく忘れていた』と皮肉たっぷりに言ったとかで軽く騒動になったらしい。

その程度の反撃こそあったが、先帝の即位後、朝政は南院家の独壇場《どくだんじょう》となった。彼らの栄華は永遠につづくと思われたが、思いもよらぬ先帝の早世で綻《ほころ》びが生じ、二代目である先の左大臣の死去により完全にうらぶれてしまって現状に至っている。

右衛門権佐・藤原明泰は、この左大臣の子息である。后位を返上した先の藤壺《ふじつぼ》中宮の異母弟で、典侍《ないしのすけ》・藤原如子《ゆきこ》の従弟《いとこ》にあたる。左大臣がその後半生に若い側室に産ませた子供で、年はまだたいそう若いということだけは認識しているが、父親が亡くなってからは参《さん》内《だい》もほとんどなくなっていたので年齢も顔もなかなか浮かんでこない。姉となる先の藤壺中宮がうらぶれていたときも、まったく足を運んでいなかった。年齢も離れている上に腹違いという事情もあって、姉弟の関係は希薄だったのだろう。

「確か十六、七歳にはなるはずよ」

特に考えこむこともなく、さらりと如子は答えた。疎遠にしていても一応従弟だ。関心があるというより、血縁として認識してたという感じの答え方だったが。

清涼殿《せいりょうでん》にある女房達の詰め所・台盤所《だいばんどころ》には、荇子と如子の他に二人の命婦《みょうぶ》がいた。彼女達がまとう竜胆かさねの唐衣《からぎぬ》は、蘇芳の裏に青（緑）の袷《あわせ》。移菊《うつろいぎく》の唐衣は薄紫に青（緑）の袷。ともに晩秋の今の季節にふさわしい着こなしである。

長らく顔を見せていない明泰が、竜胆宮の親王宣下に祝いの品を贈った。宣下という公的な儀式はともかくとして、私的に催された三条大納言邸での祝宴を、いったい誰から聞いたものなのか人々が訝《いぶか》っていたという話を荇子がすると、女房達からは「まだ子供じゃなかった？」「顔も覚えていない」などと、なかなか酷《こく》な言葉が返ってきた。それを受けての、先程の如子の発言だったのである。

「もう、そんな年齢になるのですか」

「まだ十二、三の印象が……。先の左大臣が猫かわいがりしておられましたものね」

「そうそう。あの段階ですでに右衛門権佐だったものね」

顔も年齢も覚えていないと言いながら、命婦達の記憶にはけっこう残っているようだ。いっても先の左大臣が亡くなってから三年は経っていないから、言われれば思いだせるだろう。実は荇子も、征礼から話を聞いたあとうっすらと思いだした。

従弟にかんする命婦達のやりとりを、如子は端然として聞いていた。濃淡のある紅梅色をかさねた唐衣に蘇芳色の表着《うわぎ》という華やかなくみあわせが、白磁《はくじ》の肌を持つ美貌《びぼう》によく映える。

先の左大臣に対して、如子はよい感情を持っていない。それは彼女の父である先の内大臣が亡くなったときの仕打ちに起因していた。姪を保護するという名目で、娘である先の藤壺中宮の女房にしたのだから、心無いにも程がある。

その遺児のうらぶれた噂《うわさ》を如子がどのような気持ちで聞いているのか、合理性ゆえ恨みや悲しみにも固執しない彼女の気質を知っているからこそ、荇子はその気持ちを量りかねた。とはいえ黙っているのも気づまりで、荇子はかねてよりの疑問を口にする。

「右衛門権佐さまは竜胆宮さまの親王宣下のことを、どなたからお聞きになったのでしょうね？」

「――ったく、余計なことを教えたものね」

吐き捨てるような口調が自分にむけられたものかと思って一瞬ぎょっとした。もちろんそんなはずはなく、如子は唇を閉ざしたままあらぬ方向をじっと見つめている。複雑な感情を内包しているようなたたずまいに、荇子は声をかけることをためらう。

「おそらくだけど」

どう思ったのか、言い訳でもするように命婦の一人がきりだした。

「壺切御剣《つぼきりのみつるぎ》のことで、南院家に連絡を取ったでしょう。それで立坊《りつぼう》の件は否応でもお知りになられるでしょうし、その流れで他のことも耳に入ったのでは？」

「……ああ、なるほどね」

荇子は納得した。代々の東宮に守り刀として渡される『壺切御剣』は、これまでずっと南院家が所有していた。そして南院家と縁のない今上が東宮にあった間、彼らは頑《かたく》なにそれを渡さなかった。

竜胆宮という新しい東宮を擁立《ようりつ》するにあたり、帝《みかど》は新たな『壺切御剣』を準備することを決めた。凋落《ちょうらく》した南院家が所有している刀など、新しい東宮には必要ないと突きつけたのだ。

守り刀は帝から東宮に授けるもの。この形を自分の代で作りあげる。

加えて早世した母親が、傍系とはいえ南院家の姫君という竜胆宮の背景を考えても、ここは徹底してかの家のかかわりを拒否する。そんな帝の強い意志が伝わってくる出来事だった。

にもかかわらず、性懲《しょうこ》りもなく南院家の当主が動いたのだという。縁のある新東宮の誕生に、起死回生の望みを託すつもりなのかもしれない。両親を亡くし、元服《げんぷく》どころか生活すらままならなかった年若い竜胆宮にこれまでなにひとつ手を差し伸べなかったくせに、いまさら親族面《づら》をして近づこうなど厚顔《こうがん》にもほどがある。

「そんなことを急にされても、竜胆宮様は右衛門権佐に会ったこともないのでしょう」

「御父君の北山の宮様が身罷《みまか》られてからの状況を考えると、ないでしょうね」

命婦達が確認をしあう。そもそも北山の宮ですら、晩年は放置気味だった。ちょうど南院家凋落の時期と重なっていたので、庇護《ひご》する余裕がなかったのだろう。

「竜胆宮様も、面倒な相手に目をつけられてお気の毒ね」

ようやく如子が口を開く。伯父《おじ》の仕打ちに遺恨を持つ彼女は、自身も南院家の嫡流《ちゃくりゅう》にありながら親族に対する感情はかなり冷淡だった。

しかし苻子は南院家に個人的な感情はないし、相手が十六、七の若者と知れば、少しは気の毒な気持ちにもなる。帝、如子、竜胆宮に対する心無い仕打ちの大半は、彼の父親である先の左大臣の所業である。

かばうつもりはなかったが、ちょっと説明を加えるぐらいのつもりで口を開く。

「佐《すけ》さまも、藁《わら》にもすがる思いなのでは？」

「私が竜胆宮さまだったら、品物を突き返すわ」

容赦《ようしゃ》ない言葉に、命婦達も同調まではせずとも苦笑する。ここで明泰をかばうほどの思い入れは彼女達にもないのである。

気を利《き》かせて竜胆かさねの命婦が話題をそらした。

「ですが、その仏像は拝してみたいものですね」

「ああ、遠信の工房で作られたという……」

「とても勇猛な執金剛神像だという話じゃない」

こちらの話題も、あっという間に女房達の間に広がっている。元服に参加した公卿《くぎょう》、殿《てん》上人《じょうびと》が口を揃えて褒め称えていたから、女房達も気になるのだろう。

「それにしても、遠信もよく佐さまの依頼を引き受けたものですね」

単純な疑問を荇子は口にする。世の潮流をみるのなら、南院家の依頼を受ける利点は遠信にない。もちろん対価さえもらえればそんなことは構わないという考え方もあるが、仕事には困らぬはずの人気仏師が明泰の依頼を受ける利があるとは思えない。しかも立坊内定がきっかけでの依頼であれば、かなり直近になるはずだ。多忙な遠信にとって、強引にねじこまれた仕事ではなかったのか。

「断りきれなかったのかもしれないわ。遠信は若い時分に、ずっと祖父の支援を受けていたらしいから。祖父も彼の才能を見込んだのでしょうね。祖父が建てた寺には、遠信の作品がいくつか納められているわ」

如子が言う祖父とは、南院家の家祖となった次男のことである。

「洛北《らくほく》にある円福寺《えんぷくじ》ですね」

移菊かさねの命婦が言った。

「私も娘の頃に参拝させていただきました。半跏思惟《はんかしい》の弥勒菩薩像《みろくぼさつぞう》でしたが、ため息がでるほど優美だったことを覚えております。頬に添える指、天衣《てんね》の襞《ひだ》の美しさはいまでも瞼《まぶた》に焼き付いておりますよ」

「遠信の仏像といえば、そちらの印象ですよね」

「そうね。私も久しく訪ねていないけれど、菩薩や吉祥天女《きつしようてんによ》などの線の細い像が多かったことを覚えているわ」

しみじみと語った如子は、素直に昔を懐かしむような表情をしていた。祖父が建立《こんりゆう》した円福寺に、如子も何度か訪れたことがあるのだろう。その頃は彼女の両親が健在で、能吏《のうり》として名高かった内大臣《ないだいじん》の才色兼備《さいしよくけんび》の娘として栄華に満ちた未来が待っていることを、誰も疑っていなかった。そのままであれば如子は先帝、あるいは今上の妃になっていたかもしれない。まったく人生とは分からぬものだ。もっともいまの如子の姿を見ていると、入内《じゅだい》して帝の妃となる姿にはとてつもない違和感しかないのだが。

しばしの追憶のあと、如子は表情をきりりと引き締めた。昔のことを思いだしはしてもすがらない。上司のこの潔《いさぎよ》さが、荇子はとても好きなのだ。

「でも今回弟子に作らせたのは、執金剛神だったのでしょう」

「そうらしいですね。いったいどういった心境の変化なのかしら？」

「年をとって、少し価値観が変わってきたとか――」

「ああ、そういうこともあるかもしれないわね」

「だとしたら興味深い。一度、拝してみたいものね」

つらつらと話をつづけていると、簀子《すのこ》に人影が差した。直衣だった。雑袍勅許《ざつぽうちょつきょ》を受けた十八歳の北院家の貴公子がまとう衣は桜直衣《さくらのうし》。年がまだ十分に若いので、袷の裏には紅が濃い二藍《ふたあい》を用い、それが白い表から透けて見えるので桜を思わせるほのかな紅色に映る。

「頭中将《とうのちゅうじょう》さま」

命婦達は声をはずませるが、露骨に彼を嫌っている如子はにこりともしない。それでも藤壺で中宮の女房として仕えていたときは、弘徽殿と対立していることもあり傍目《はため》にもはっきりと分かるほどに眉間《みけん》にしわを寄せていたから、そのときよりはだいぶましだ。

　そこまで露骨にはできないが、苻子も彼にはあまり好意を持っていない。悪い人間ではない。良くも悪くも素直で、苦労知らずが良い方向に影響して意地の悪さはまったく感じない。けれど実家の恵まれた環境をとうぜんのごとく享受《きょうじゅ》している、ことあるごとに見せる無意識の傲慢《ごうまん》さがものすごく鼻につく。姉の弘徽殿女御にも似たところがあるが、彼女とは接すること自体があまりないのでさほど気にならない。

「頭中将様、どうなされたのですか？」

　嬉々として命婦が尋ねる。直嗣は匂《にお》うような笑みを浮かべ「ちょっと、いま話が聞こえたのだが」と言った。盗み聞きをしていたの？　と如子が険のある言い方をするが、さすがの理性で苻子にしか聞こえないような小声だった。

「その仏像なら、近々御所でお披露目をしてくださるとのことだ」

　え、と如子をのぞく全員が声をあげる。その中で如子は、意地でも関心など寄せてやるかとばかりに檜扇《ひおうぎ》を顔にかざしている。彼女の直嗣に対する嫌悪は徹底しているし、それに気づかない直嗣もたくましい。なにしろ「どういうことですか？」と詰め寄る命婦達に応じて、ここぞとばかりに簀子にどっかりと腰を下ろしてしまったのだから。

　空気を読めないというより、自分が他人から嫌われる可能性など考えたこともないのだろう。眉目秀麗《びもくしゅうれい》で家柄も良いとなれば、たいていの人は彼をちやほやする。確かに帝の態度は素っ気ないが、征礼が特別なだけで他の朝臣《ちょうしん》にも似たようなものだから、僻《ひが》みはしても芯の部分では深刻にとらえていなさそうだ。良くも悪くも他人の心の機微に鈍感な人間なのだ。

「件《くだん》の仏像があまりにも評判なので、三条大納言が竜胆宮様と相談をなされて、一度こちらにお持ちしましょうという話になったのだ。いつになるかまでは聞いていないが、そのときは女房の方々にもご披露いただけるだろう」

命婦達は歓声をあげる。もちろん如子は黙っていたが、檜扇の上からのぞく目をわずかにすがめたのを荇子は見逃さない。さすがに興味は隠せないか？　厳《おごそ》かな美貌《びぼう》をはなつこの上司が、あんがいに俗っぽい話題が好きなことを荇子は知っている。

はたして如子は沈黙を破った。

「ですがその仏像は、右衛門権佐が献上した品物ですよね」

なんの前振りもなく、単刀直入に問われて直嗣は一瞬きょとんとなる。

「ええ、そのように聞いておりますが」

「この状況で、南院家の当主である彼とかかわりを持つことを、公卿のみなさまはどのようにお考えなのでしょう？」

なるほど。指摘されれば、懸念《けねん》材料にはなる。

壺切御剣の件をきっかけに南院家に引導《いんどう》を渡すという帝の意向を考えれば、些末《さまつ》なことでも彼に注目を集めたくはない。もちろんこの程度のことで返り咲けるほど政《まつりごと》の世界は甘くないが、ここぞとばかりに竜胆宮との縁を主張されたりしては厄介《やっかい》である。

しかし直嗣は、ぴんとこないふうに首を捻《ひね》った。

「件の仏像の所有が右衛門権佐であるのならともかく、すでに竜胆宮さまに献上されたものですからね。それに皆の興味は、贈り主より遠信の執金剛神像のほうにむいておりますから、そう面倒なことにはならないと思いますよ」

仏像を作ったのは弟子だと、普段の如子なら冷ややかな口調で指摘しただろうが、さすがに自分から訊いておいてそれはまずいと承知していたのか、そこは黙っていた。ずいぶんと丸くなったものだと感心する。

「三条大納言が後ろ盾をお引き受けになった以上、いまさら右衛門権佐が立ち入る隙《すき》はないでしょう。まあ彼は宮様とは年齢も近いですから、相談相手や友人になることはできるかもしれません」

直嗣の後半の発言は、いやみではなく善意であろう。自分と同じ年頃の公達《きんだち》の凋落《ちょうらく》に、彼は素直に同情しているようだった。

三年前の御所では、むしろ明泰のほうが優遇されていた。庶子《しょし》という事情は正嫡《せいちゃく》の直嗣に比べて瑕疵《かし》となっていたはずだが、それでも父親の溺愛《できあい》により当時の明泰は分不相応なほどにときめいていた。

「宮様の友人？」

如子は扇の上で柳眉《りゅうび》を逆立てた。これはまずい。そう思った荇子は、如子の舌鋒《ぜっぽう》を阻《はば》むべく急いで口を挟む。

「それは少々難しくないでしょうか？」

「なぜだ？」

素直に直嗣は尋ねた。こういうところが帝から疎《うと》んじられる理由だというのに、いっこうに自覚がない。家柄を理由に征礼への重用を不満に感じているのだから、気づくはずもないのだが。子供に言い諭《さと》す、あるいは念のために言っておくかというぐらいの気持ちで荇子は説明する。

「四年前に北山の宮さまが身罷《みまか》られて以降、南院家は遺児である竜胆宮さまのお世話を滞《とどこお》らせた経緯があります。その間、宮さまはずいぶんとご苦労をなされたようですので、打ち解けるといっても容易には——」

「しかしそれは先の左大臣《さだいじん》の失態であって、右衛門権佐《うえもんのごんのすけ》には非はないだろう」

苻子の発言を遮《さえぎ》り、直嗣は反論した。理不尽に抗議をするような物言いが、あまりにも予想通り過ぎて薄ら笑いすら浮かべたくなった。

父親の権勢と溺愛により、それまで分不相応な利益を享受してきたのだから、その負の遺産も甘受すべきである。息子を優遇するためになされた強引な手法により、割を食った者が大勢いるのだ。明泰に対してこのように考えることができるのなら、直嗣も自分がなぜ帝から疎んじられるかすぐに分かるだろう。

南院家が興隆していた頃、北院家をはじめとした当時の公卿《くぎょう》達は、追従《ついじゅう》して今上を冷遇していた。それをいまさらねちねち言うほど恨みに固執していないが、かといって水に流して打ち解けるほど今上はおおらかでもない。

帝の屈託に、直嗣はまったく気づいていない。南院家の因果応報《いんがおうほう》を、他山の石としてすらとらえていない。薄っぺらい正義感で明泰を庇《かば》って、自分が良い気持ちになっている。あるいは道理で言えば、親の失態を特に若輩な子に背負わせることは酷《こく》であり、それぞれが別の人間だと考えることが寛容なのかもしれない。けれどそれは帝が言う言葉であって、明泰や直嗣にそれを求める資格はない。

苻子はちらりと如子のほうを見た。あんのじょう軽蔑《けいべつ》を通り越して呆《あき》れ果てた顔をしている。檜扇のおかげで、直嗣の位置からはよく見えないのが幸いだったと思う。

ひとつ息をつき、あらためて荇子は告げた。

「だといたしましても、それは竜胆宮さまが決めることですよ」

宮中で最重要な儀式とされる新嘗祭《にいなめさい》は、霜月《しもつき》の二度目の卯《う》の日に行われる。その二日前の丑《うし》の日に、五節舞《ごせちまい》をうけおう舞姫が、多数の見物客の中で参内《さんだい》する。舞姫参入と呼ばれる儀式である。四人の舞姫の献上者は、公卿は内大臣。殿上人《てんじょうびと》は左衛門督《さえもんのすけ》が受け持ち、受領層《ずりよう》は越前守《えちぜんのかみ》と讃岐守《さぬきのかみ》が任命されていた。

「三条大納言の大姫と、その母君が参内をなさるのですか？」

次席の加賀《かが》内侍からその話を聞いたとき、荇子はちょっと意外な気がした。

舞姫参入を夜に控え、御所は準備で大わらわだった。舞姫達の控え場所にもなる五節所は常寧殿《じょうねいでん》に設営する。この殿舎は馬道《めどう》（この場合は土間のこと）によって東西に分かたれている。この他に承香殿、南北という方角のちがいはあるが、温明殿《うんめいでん》や弘徽殿も同じ構造である。

西側には塗籠《ぬりごめ》があり、ここに舞殿が設置される。舞姫は参内した当日、常寧殿で舞を披露する。試演のようなもので帳台試《ちょうだいのこころみ》と呼ばれる。馬道を挟んだ東側の正面に御帳台を置き、そこから帝が舞をご覧になる。

その日苻子は朝から女孺《にようじゆ》達を差配し、常寧殿の室内を障屛具《しようへいぐ》で区切り、調度を配置し、打出《うちいで》（女性装束の袖《そで》や裾《すそ》を御簾《みす》の下からのぞかせる晴れの日の演出）のための衣を選び、五節所の室礼を整えた。四人の舞姫の控え所は、舞殿と御帳台を囲むようにして四か所に分けて整える。

その作業が一段落して内侍所に戻ったところで、三条大納言家の二人の参内を聞かされたのだった。

宮中の華やかな行事を見学するため、貴族の妻子が参内することは実は珍しくない。特に外出を制限される女子にとって、寺社詣《じしやもうで》と並ぶ貴重な機会である。

だが娘の大姫はともかく、妾《めかけ》を公《おおやけ》の場に参内させる話はあまり聞かない。

「ええ。舞姫参入と、そのあとの帳台試を鑑賞なさるそうよ。実は左衛門督が献上した舞姫は、大姫の従妹になるのですって」

「そういえば三条大納言の大姫は、脇腹《わきばら》だったわね」

特に悪意もないように弁内侍《べんのないし》が言った。

大勢に顔を晒《さら》すことを余儀《よぎ》なくされる舞姫は、近年ではほとんど受領層の娘が担う。殿上人である左衛門督が提供した舞姫もとうぜんそうだろう。その娘の叔母《おば》なら、三条大納言のような公卿の本妻であるはずがない。

「お二方には、どちらに入っていただきましょうか？」

「それが舞姫とは親戚だし、今宵《こよい》のうちに帰る予定だから、五節所で一緒に過ごされるとのことらしいわ。左衛門督には三条大納言が直接お願いしたらしいから」

なんの問題もないように加賀内侍は言うが、母親はともかく大姫はその扱いでよいのか気になった。脇腹とはいえ彼女は大納言の娘だ。ちょっと無体ではとも思う。

「お二方は舞姫参入前に参内なさるそうだから、案内とお世話を頼むわ」

加賀内侍の要請に、荇子はうなずいた。今年は五節所の準備を請け負っているから、妥《だ》当《とう》な任命である。四人の舞姫にはそれぞれ複数の女房が付いてくるが、彼女達は内裏《だいり》の勝手が分からないから世話役が必要なのだ。

内侍所で一休みしたあと、荇子はふたたび常寧殿に戻った。大姫とその母親が入るのであれば、少し室礼を直さなくてはならないかと考えたのだ。しかし困ったことに、お付きの者がどの程度増えるのか予測がつかないから「円座《わろうだ》はもう少し準備をしておいたほうがよろしいですか？」という女嬬の問いにも、すぐには答えられなかった。

「どうかしら？　どの身分の者をどれぐらい連れてくるかなのよね」

「どのみちそんなに大勢が入ったら、局《つぼね》がかなり手狭になりますね」

公卿や殿上人が献上する舞姫は、受領の二人に比べれば少し優遇された局になっているが、それでも広さに大差があるわけではない。いざとなったら他の殿舎に行ってもらうしかない。距離と局の位置を考えれば、登花殿《とうかでん》か貞観殿《じょうがんでん》辺りが適当か。となればやはり手狭であったときにすぐに対応できるよう、そちらの殿の整理をしておくか。

（最初から別の殿舎を準備したほうが気づかわなくてすむのに……）

内裏女房達に余計な手間を取らせたくないという三条大納言の善意かもしれないが、脇腹とはいえ公卿の娘にはちょっと雑な扱いではというのがやはり気になる。

竜胆宮の加冠《かかん》を引き受けるさい、三条大納言は娘達に対する思いを語った。脇腹の大姫と正嫡《せいちゃく》の中《なか》の君《きみ》。父親として彼女達への愛情に差はないようだったが、だからといって立場のちがいを考えれば同じに扱うことはできない。

——そういえば。

荇子は三条大納言が、側室の立場をわきまえない要求や言動に辟易《へきえき》していたことを思い出した。竜胆宮との結婚話にも、正嫡の中の君と比較して文句を言ってたという。無体とまでは言わぬがちょっと無神経かとも思えるこの扱いは、ひょっとして側室に灸《きゅう》をすえる意味もあるのではと考えるのは穿《うが》ちすぎだろうか。

「円座はひとまず何枚か増やしておいて。貞観殿のほうに人が入る余裕があるか、ちょっと確認してくるわ」

　女孺にそう告げて、荇子は簀子《すのこ》に出た。円座の三枚は、母娘の他に女房の一人くらいは連れてくるかとの目算での数字である。

　舞姫参入を数刻《すうこく》後に控え、内裏の空気は慌ただしい。女孺達はもちろん、雑仕《ぞうし》達もあちこち動き回っている。彼らは掃除道具の他、筵《むしろ》や仮橋に使う板などを抱えている。舞姫は朔平門《さくへいもん》（内裏外郭の北門）から参入し、内郭の玄輝門《げんきもん》を経て、東の宣耀殿《せんようでん》に回って五節所となる常寧殿に入る。筵はこの経路の箇所箇所《かしょかしょ》に敷かれるのである。

　火はまだ入っていないが、壺庭《つぼにわ》のあちこちに普段より数多い篝籠《かがりかご》が設置されている。これがすべて灯されると、夜中の御所はまるで昼間のように明るくなる。その明かりの下で鑑賞する五節舞はもちろんだが、若い殿上人達が披露する舞や管弦もなかなかの見物で、特に女房達などは頰を染めて見学している。

　荇子も四、五年前まではときめきもしたが、いまはただうるさいとしか思わない。酒が入っているので、柄が悪くなる者もまあまあいる。二十一歳にして気持ちが枯れかかっている懸念もあるが、感情だからしかたがない。征礼が特別な存在となったいま、なおさら心が動かなくなっている気がする。

　貞観殿の妻戸《つまど》を開くと、ちょうど御簾の間から卓子《たくこ》が出てきた。濃き紅の裏に濃き黄をあわせた朽葉《くちば》かさねの唐衣《からぎぬ》が、十四歳のはつらつとした愛らしさをいっそう際立てる。

同郷の後輩女房は、女蔵人《にょくろうど》としてこの殿舎に詰めていた。配属は御匣殿《みくしげどの》という、帝の衣装にかんすることを司《つかさど》る場所である。なお御匣殿は貞観殿の別名でもあり、御匣殿の長官となる御匣殿別当《べっとう》を指すこともあるので甚《はなは》だややこしい。ただし現状では別当は不在となっている。

「江内侍《ごうのないし》さん」

卓子は苻子の姿を見ると、顔を輝かせて走り寄ってきた。色々と迷惑はかけられているが、こういう態度を見るとやはり可愛《かわい》らしい。

「珍しいですね。御匣殿にいらっしゃるなんて」

「ちょっとね。京極《きょうごく》のおもとはいるかしら？」

御匣殿を取りしきる命婦《みょうぶ》の呼び名で、おもとは少し年配の女房に対する敬称である。

「いますよ。呼んできますね」

卓子は踵《きびす》を返し、御簾の奥に引っ込んだ。間もなくして、京極が顔を出す。三十半ばほどの古参女房は評判のしっかり者だ。苻子は大姫母娘の事情を話し、もしもの場合はこちらに居場所を作らせてもらえぬかと相談して、了解を得た。

「お気になさらず。日帰りでしたら、大がかりな準備も必要ありませんよ」

「そう言っていただけると助かります」

円満に交渉を終えたあと、荇子は卓子に送られて妻戸をくぐった。簀子に上がったところで卓子は「舞姫参入はどこでご覧になられますか？」と訊いた。

「今回は常寧殿のどこかで控えているわ。帝のお傍には、内府典侍《ないふのすけ》と長橋局《ながはしのつぼね》がつくことになっているから」

「いい組み合わせですね」

まちがいなく皮肉なのだが、邪気のない笑顔にこちらがひねくれているだけで、悪意なく言っているのかと感じさせてしまうあたりが卓子の真骨頂《しんこっちょう》である。二人はちょっとひそめるように笑いあった。

渡殿《わたどの》の前で卓子と別れたあと、荇子は清涼殿にむかった。目的は南廂《みなみびさし》。いわゆる殿上の間である。局の件を三条大納言に伝えておこうと思ったのだ。舞姫参入が夜だから、ひょっとしてまだ参内していないかもしれないが、そのときはあとで伝えればよい。今日の行事を考えれば、参内はかならずするだろうから。

土間廊下を避けるために迂回《うかい》して渡殿を進んで弘徽殿の簀子に上がったところで、ちょうど妻戸から出てきた直嗣と鉢合《はちあ》わせた。今日は冠直衣《かんむりのうし》ではなく橡《つるばみ》の位袍《いほう》を着けている。不覚だが、かなり距離が近づいていたので引き返すこともできない。荇子は一歩退き、直嗣に道を譲った。直嗣は荇子に気が付くと、微妙に気まずげな顔をする。端午節会《たんごのせちえ》での一件以降、彼はずっとこんな態度である。台盤所《だいばんどころ》で話したときのように、他の者がいればうまくごまかせるのだが。

　直嗣は荇子に二つの引け目がある。そのうち自分が贈った薬玉《くすだま》をすげなく扱われたことより、先の中宮の射手を横取りしたことを知られたほうが大きいだろう。後者にかんしては帝の指示だから、直嗣だけを批難するのは酷《こく》だと荇子は思っているのだが、別にそんなことを教えてやる必要もない。

　直嗣はそのまま南側にむかって進んでいく。同じ方向かとげんなりした。むこうも荇子の存在を背中に感じて、居心地が悪いのかもしれないけれど。一定の距離を取って簀子を歩きはじめる。

　東手にある壺庭は、西北をそれぞれ弘徽殿、常寧殿に接している。いろは楓《かえで》は紅葉の盛りをやや過ぎており、朽ちた葉をずいぶんと地面に散らしていた。その手前に花弁にほんのりと桃色を交えた、常緑の葉を持つ白い山茶花《さざんか》がほころんでいる。

　前栽《せんざい》でも眺めて時間をつぶし、直嗣と距離を取ろう。そんな気持ちで立ち止まると、がしゃがしゃと砂利《じゃり》を割る音が響き、庭をよぎってくる二人の男性の姿が見えた。

　簀子の少し先で、直嗣も足を止める。彼の視線は、男性達のほうにむいている。橡の袍を着けた公卿《くぎょう》は三条大納言。その彼の横で、というよりはまとわりつくように歩いている緋色《ひいろ》の袍を着けた人物に荇子は目を眇《すが》めた。

武官の象徴でもある緌《おいかけ》をつけたその青年になんとなく覚えはあったが、見慣れた顔ではない。人目を惹《ひ》く端整な顔立ちで、面識があれば記憶していそうなものだが。

「いや、だから竜胆宮様にはきちんとお渡ししたよ」

あきらかに辟易をにじませた三条大納言の口調に、荇子は青年が誰なのか思いだす。

右衛門権佐《うえもんのごんのすけ》――藤原明泰だった。

征礼と同じ緋色の袍は、五位の当色《とうじき》である。最後に顔を見てからおそらく三年は過ぎていないと思うのだが、その年月は十四、五歳の少年の体躯《たいく》や面差《おもざ》しを変えるのには十分過ぎた。

「そ、それで、いかように仰《おお》せでしたでしょう?」

明泰の口ぶりはひどく落ちつきがない。

「素晴らしい像だと感心しておられたと、先程も言ったではないか」

三条大納言の応えに、察しがついた。

如子の懸念《けねん》通り、これをきっかけに明泰は竜胆宮との接触を目論《もくろ》んでいるのだ。

だがさすがに竜胆宮の邸《やしき》に直接押しかけるのは無礼である。いま竜胆宮は、帝が東宮時代に住んでいた四条邸《しじょう》で暮らしている。父親が存命で周りを憚《はばか》る必要がなかった頃ならともかく、今の状況では難しい。もっとも父親が存命であれば、そもそも竜胆宮に近づく必要はないのだが。

「まことですか？　私のほうに宮様からなにもきていないのですが……」

明泰は食い下がるが、傍《はた》から見れば「そりゃあ、そうだろう」である。拒絶までせずとも、竜胆宮は本当は困惑していたのだから。感心していたというのは三条大納言の社交辞令だ。

「宮様はいまお忙しいのだ。近々のうちに元服《げんぷく》と立坊《りつぼう》も控えているのだから」

「り、立坊ですよね、それはまことにめでたい」

あさましいほどに明泰の声は浮ついていた。不憫《ふびん》にさえ思えて、苻子はそっと視線をそらす。恩恵を受けたのなら同時に負の遺産も受け継ぐべきだとは考えているが、いかんせん明泰がまだ年若いので哀れでもある。

「そのおりには親族として、私も直接お祝いを申し上げたい。どうかそのむねを宮様にお伝えいただけませんか」

「いや、その……」

三条大納言は曖昧《あいまい》に返答を濁す。竜胆宮の本心は聞いていないが、南院家を排斥《はいせき》しようという今上の考えを三条大納言が認識しているのなら承諾《しょうだく》はできない。ましてこの明泰の様子から、どうしたって竜胆宮の利になりそうもない。そもそも竜胆宮との接触を望むにしても、三条大納言に仲介を頼むのは筋も順番もちがう。なによりも、まず明泰がしなければならないことは――。

「右衛門権佐」

簀子《すのこ》から直嗣が呼び掛けた。顔をむけた明泰はさっと青ざめ、次に悔《くや》しさと辛《つら》さが入り混じった、なんともいえない表情を浮かべた。それだけで胸が苦しくなった。同世代の二人は同じ頃に冠位を授かり、参内《さんだい》もほぼ同時だった。そのときは二人とも緋色の袍だったが、いまや直嗣の身を包むのは四位以上の橡の袍である。

もしかしたら明泰にとって、直嗣は一番会いたくない相手だったかもしれない。先の左《さ》大臣《だいじん》が存命のときの彼らの関係は分からないが、同世代として意識はしていただろう。あのときは明泰のほうがまったく優勢だったが、いまは完全に逆転している。ちょっと想像しただけで、明泰のみじめな心境が伝わってくる。

「亜槐《あかい》（大納言の唐名）殿がお困りだ。あなたが竜胆宮様と話がしたいとお思いなら、まずは文でこれまでの無沙汰《ぶさた》を詫び、そのうえで宮様が受け入れてくださるのを甘んじて待つべきではないか」

直嗣の言い分はまったくの正論だった。無理に会おうなど、押し込み強盗のような真似《まね》をせず、まずは文でこれまでの失態や不遜《ふそん》を詫び、そのうえで竜胆宮が自身の意志で許してくれることを待つべきである。それが誠意というものだ。

三条大納言を介して自分の思いばかりをごり押ししようとする明泰の態度に、苻子も同じ不満を抱いた。けれどそれを直嗣の口から聞くと、なんともやもや、いや、すでにいらだっている。

いまの言葉が三条大納言のものなら、まだ明泰も救いがある。けれど同じ年頃の直嗣からでは屈辱《くつじょく》だろう。直嗣にあきらかな悪意があるのならかえって清々しいが、本気でなだめるつもりで言っているから救いようがない。そのくせ帝が抱く鬱屈《うっくつ》や嫌悪には、あいからわず見当がついていないのだから冷笑しかない。この調子では、永久に帝から心を開いてもらえることもないだろう。

三条大納言は苦々しい顔で直嗣を一瞥《いちべつ》し、そっと息をついた。苻子と同じ気持ちなのだろう。とはいえここで直嗣に苦言を呈し、明泰をかばったりして下手《へた》に期待させては後がややこしくなる。三条大納言にも良心の咎《とが》めはあっただろうが、ここは直嗣の増長を無視することに決めたようだ。

明泰はものすごい形相《ぎょうそう》で直嗣をにらみつけた。瞋恚《しんい》の炎を燃やしたと言っても大袈裟《おおげさ》な表現ではなかった。対して直嗣はさすがにひるんだ様子を見せたが、らしくも自分が正しいという自信があるからきっと明泰をにらみ返した。

高欄《こうらん》を挟んで、簀子と壺庭《つぼにわ》で二人の公達《きんだち》がにらみあう。

どうにもならない。どちらにも好意を持っていないから、荇子はさっさとこの場をやり過ごしたかったのだが、ここまで出向いた目的である三条大納言がすぐ先にいる。別にいま伝えなくても良いことだから、ひとまずは逃げるかと思っていると、とつぜん明泰がぷいっとそっぽをむき、大股《おおまた》で歩きはじめた。

あれほどまとわりついていた三条大納言のほうすら、見向きもしない。ただ風を切るよう、虚勢に胸を反らしながら立蔀《たてしとみ》のむこうに消えていった。

直嗣は拍子抜けした顔で明泰を見送っていた。三条大納言はここぞとばかりに黙って立ち去ろうとした。直嗣を責めるつもりはなくとも、礼を言うのもちょっとちがう。それで荇子は急いで彼を呼び止めた。

三条大納言は荇子がいることに気づいていなかったようだ。気まずいどころか、どちらかというと助かったという顔で数歩簀子に歩み寄ってきた。

完全に無視をされた直嗣は、しばしぽかんとしていた。彼が自分の発言にいっさいの後《こう》悔《かい》がないのなら、三条大納言から称賛の言葉がなかったのは心外だったかもしれない。ありそうだから嫌すぎる。

庭にいる相手に失礼にならないよう、荇子は膝を屈めた。

「大姫様とその御母上の御局《おつぼね》の件ですが――」

「ああ」

三条大納言がすぐに察したので、荇子は手狭であった場合の対策を説明した。そのうえでさりげなさを装い、最初から貞観殿に入ってもらったほうがよくないかと勧めた。仮に妾《めかけ》に灸《きゆう》をすえる目的だったとしても、大姫が巻き添えを食うのは哀れである。三条大納言がそれで良しとしているか、あるいはちがう意図があってのことなら荇子はなにも言うことはできないが、念のために提案だけはしてみたのだが。

「気遣っていただいてありがたいが、実は――」

苦笑を浮かべた三条大納言の口から出た返答は、荇子が想像もしない内容だった。

大姫とその母、萩《はぎ》の方《かた》が参内したのは、つるべ落としの秋の日が落ちる少し前の頃だった。数刻後にはじまる舞姫参入に備え、内裏《だいり》のあちこちに筵道《えんどう》が準備されていた。だから唐衣裳《からぎぬも》姿でも地面に下りやすくなっている。

常寧殿の馬道《めどう》に姿を見せた母娘に、荇子は階《きざはし》を下りて挨拶《あいさつ》をした。

「ようこそお越しくださいました。私は江内侍と申します」

「――江内侍って、あなたさまが？」

しばしの間を置いて確認された意味が分からない。どういう者を想像していたのか。いや、そもそも一介の中﨟《ちゅうろう》など最初から認識していないはずでは。

「さようでございますが」

「お会いできて光栄でございます。主上《おかみ》がもっとも信頼を置く女房だと、お聞きしておりますので」

予想もしない理由だったが、さすがにもう驚くよりは合点《がてん》が行くようになった。東宮擁立《ようりつ》のために帝が仮病で引きこもったあたりから、朝臣《ちょうしん》達にはそのように認識されていることを薄々感じていた。それが三条大納言の側室にまで伝わっているとは思わなかったけれど。

荇子は不自然に目を輝かせる萩の方を見た。三条大納言という貴人《あてびと》に見初《みそ》められただけあって美貌《びぼう》の持ち主だった。年の頃は三十半ばあたり。白磁《はくじ》の肌に、漆黒《しっこく》の豊かな髪と濃い紅がよく映える。

蘇芳《すおう》色の唐衣に上文《うわもん》はなく、紫の表着《うわぎ》もぱっと見には地紋のみの綾地綾《あやじあや》だ。受領《ずりょう》階級出身という立場にふさわしいわきまえた装いのようだが、よく見ると表着は高級な『無文織物』ではないか。経糸《たていと》と緯糸《ぬきいと》で色を変えることによって、光の加減で色彩が変わる玉虫色の織物である。おそらくだが経糸に紫、緯糸に二藍《ふたあい》を用いた蘇芳の織色目だ。正直あまり守っている者もいない状態だが、基本的には禁止令が出ている奢侈品《しゃしひん》だった。

女御方はもちろん、上臈《じょうろう》や公卿《くぎょう》の北《きた》の方《かた》など高貴な女人が集まる場所で敢えてこの衣を選んだ。それだけでこの女人の気質がわかる。世辞にも世の道理が分かっていない女子だと三条大納言が嘆いていたのは、おそらく本質をついているのだろう。

（まあ、いいけど）

分不相応な衣をまとうことで評価を下げるのは、萩の方本人である。見咎《みとが》めるほどのことではないと、次に荇子は大姫に視線をむける。

母親ほどの美貌ではないが、これはこれで非常に愛らしい姫君だった。母親と同じで色白だが、白磁よりも瑞々《みずみず》しい桃の果実を連想させる健康的な肌である。黒目勝ちの眼がいかにも素直そうで、小さな朱唇《しゅしん》もまた桃の花弁のように可憐《かれん》だった。赤の繁菱地《しげびし》に唐花を織り出した二陪織物《ふたえおりもの》の唐衣に淡紅梅《うすこうばい》の表着は、花盛りの娘によく似合っている。竜胆宮と並んだところは、雛《ひな》のようでさぞかし映えるであろう。

母娘の他に、女房が二人いた。大姫の乳母《めのと》とその娘だという。大姫には乳姉妹《ちきょうだい》となる若い女房は、年齢も同じくらいに見えた。割りこませてもらったという立場上、お付きは最小限の者に留めた。そのかわり人手が必要となれば、舞姫付きの者達が用事を済ませるとのことで、舞姫側と話をつけたらしい。階を戻って五節所まで連れてゆく短い間に、萩の方から直接説明を受けた。

話は簡潔明瞭で、美しいだけではなく気も利《き》きそうな女性だと思った。いっぽうで大姫はといえば、乳姉妹と物珍しそうにあたりを見回すことに夢中で、荇子と話すことはなかった。年齢のわりには少し子供っぽい部分もあるが、明るくて素直な姫という印象だった。

殿上人《てんじょうびと》の舞姫の詰め所は、西南の位置にある。荇子は女孺《にょうじゅ》に言って、人数分の円座《わろうだ》を用意させた。

「舞姫達が参入しましたら、少々手狭になるやもしれません。御不自由なときは別に局を用意いたしますのでお申し付けください。ですが参入も帳台試《ちょうだいのこころみ》も、こちらのほうが見やすくはございます」

荇子の説明に、萩の方はしばし考えこむ。大姫と乳姉妹が、なにやら目配せをしあっている。舞姫の見学に来たのだから、多少狭くても見やすい場所のほうがよいだろう。

やがて萩の方が遠慮《えんりょ》がちに口を開く。

「先方様のご迷惑にならなければ、私共は動かずともで良いのですが」

「そうですね――」

今度は苻子は短い間、思案する。

「舞姫達は参入後、帳台試のために着替えをします。そのときだけ移っていただいたほうがよろしいかもしれません。頃合いを見て、私がご案内いたしますから」

その提案に、萩の方は納得し「お願いします」と頭を下げた。

「承知いたしました。それではひとまずこれで――」

「あの、お願いしたいことが」

腰を浮かしかけた苻子を、乳姉妹が引き留める。彼女に声をかけられたのは、これがはじめてだった。なにごとかと動きを止めた苻子に、乳姉妹はやや遠慮がちに言った。

「あの、せっかくですから御所の中を見学してみたいのです。こんな機会はそうはございませんでしょうし、もしよろしければどなたかに案内をお願いできませんか？」

乳姉妹の依頼に、横で大姫もうなずく。ここに入るとき、楽し気に周りを見回していた彼女達の顔を思い出した。造作《ぞうさ》もないことである。図々しいわけでも、大それた願いでもない。これまでも同じ依頼を引き受けたことがある。

――それに、これはよき機会かもしれない。

閃《ひらめ》いたところで、苻子は愛想よく微笑《ほほえ》んだ。

「わかりました。では、私がご案内いたしましょう」

四人は驚いて目をみはる。彼女達からすればせいぜい女孺、よくても下﨟《げろう》あたりの誰かをつけてもらう程度の感覚だったのだろう。

萩の方が遠慮がちに言う。

「そんな、主上の腹心ともあろう方に……」

「どこからそのような大袈裟《おおげさ》な話になったのかは存じませぬが、私などしがない中﨟でございますよ」

そう言って荇子は立ち上がり、妻戸《つまど》にむかって歩きはじめた。萩の方より早く、大姫と乳姉妹が立ち上がった。二人でよりそいあい、乙女《おとめ》らしく顔を輝かせている。双方の気安さから仲が良いことは見てとれた。少なくともこの姫君は、乳姉妹に高圧的に出る娘ではなさそうだった。

（よさそうな姫さまだわ）

自分が心配することではないと百も承知の上で、竜胆宮の妻となる姫の人柄にひとまず安心する。友人が少ないことが性格の悪さの証明にはならぬが、男であれ女であれ、同性にだけ嫌われる人間はだいたいがろくでもない。

ちなみに単に人付き合いが苦手という者は、男女を問わずに煙たがられているだけなので少し状況がちがう。そこまで極端ではないが、ある意味で如子がそんな人間だ。ただ彼女の場合はあくまでも強気で、人付き合いが下手《へた》という自覚がどこまで本人にあるのかは不明である。

萩の方もいそいそと立ち上がり、苻子の間近に来る。

「御厚意に甘えさせていただきます」

「いいえ。せっかくの機会ですから、こちらから勧めてさしあげればよかったですね。先に臨時のための局、貞観殿のほうをご案内しておきますね」

愛想よく応じてから、妻戸をくぐって簀子《すのこ》に出る。渡殿《わたどの》の先に弘徽殿が、さらに右手に登花殿《とうかでん》が見える。

「こちらですか?」

「いえ、ここは女御様がお住まいの弘徽殿です」

「女御様……」

萩の方はなにか含むようにつぶやいたあと、ぽつりと漏《も》らした。

「きっと、お美しい方なのでしょうね」

「――ええ、春の花のように朗《ほが》らかで美しい方ですよ」

返答に間が空いたのは、萩の方の物言いに微妙な棘《とげ》のようなものを感じたからだ。ただそれを彼女がどの程度自覚しているのかも分からなかったから、さらりと流した。

そのまま貞観殿にむかって簀子を進んでいると、萩の方が、檜扇《ひおうぎ》の内側でぽつりとつぶやいた。

「貴人の女人はよろしゅうございますね」

荇子は足を止める。少し後ろでは大姫と乳姉妹が殿舎やら壺《つぼ》の前栽《せんざい》やらを指さしながらはしゃいでいる。乳母はその後ろにつき、微笑まし気に実の娘と養《やしな》い君《ぎみ》（養育する貴人の子。この場合は大姫）を見守っていた。

いまの萩の方のつぶやきを聞いたのは、荇子だけである。無言の視線をむけていると、萩の方は少し慌てたように言った。

「女子であれば誰しも貴人の妃となって、人々からかしずかれる生活を夢見るものでございましょう」

三条大納言という貴人の妾《めかけ》となった萩の方の口からと考えると、なかなか嫌らしい仄《ほの》めかしである。ここで「別に」と言ったら、だいぶしらけるかと冷ややかに思いつつも「まあ、御方さま自身が幸《さいわ》い人《びと》ではございませんか」と荇子は返した。

さぞ得意げな顔をするかと思ったのだが、存外なことに萩の方は失言に気づいたかのように口許を押さえた。荇子は首を傾《かし》げる。一般論を言うことで、間接的に自慢したいのかと思っていたのだが、ちがったのか。

「……ですが、北の方の御子にはかないませんから」

気落ちした声だった。

「北の方の中《なか》の君《きみ》には、晴れがましい縁談が降るようにきておりましたし——」

どうやら自慢ではなく自虐《じぎやく》だったようだ。正室との扱いの差に、萩の方が不満を抱いているとは聞いていた。そのうえで娘と竜胆宮との縁談には、あまり乗り気ではないということも。竜胆宮があくまでも仮初《かりそ》めの東宮ということを考えれば、気持ちは分からないでもない。

しかしつい口走ってしまったという印象とはいえ、初対面の苻子にこんなことを愚痴《ぐち》るのだから、萩の方の身分に対する劣等感はそうとうなものなのだろう。そう考えると気の毒にさえ思えてくる。

「いかに貴人でも、栄誉栄華も思いのままというわけには参りません。高貴な方々には、徒人《ただびと》になど想像もつかぬ深いお悩みがおありですから。私などそのご苦悩を間近で見てまいりましたので、気楽な身分でよかったと思っています」

萩の方を諫《いさ》めるつもりはない。これほどの美貌《びぼう》を持ちながら、身分を理由に色々と悔《くや》しい思いをしてきたのだろう。その感情は否定しないが、貴人に対する羨望《せんぼう》の内情があまりにも上っ面《うわつら》すぎて、年齢のわりに思慮が足りない人だとは思った。

実家の凋落《ちょうらく》ゆえに落ちぶれた先の中宮が后位を返上したことは、まだ人々の記憶に新しい。あの件を承知したうえでなお高い身分を単純に羨《うらや》むというのなら、だいぶ博打打《ばくちう》ちな気質か、危機意識が低い能天気な人間のどちらかだろう。

「それは、さようでございましょうが……」

「こちらが貞観殿でございます。もしもの場合の局《つぼね》はこちらに準備しておきますので、手狭に感じましたら遠慮なくお申し付けください」

語尾を濁す萩の方に、聞こえないふりをして荇子は先の殿舎を手で示す。愚痴を言ったところで共感してもらえぬと諦めたのか、それ以降、萩の方はその件についてはなにも言わなくなった。

後ろからついてきていた乳姉妹が、ふと声をあげた。

「姫様。あの殿舎は、先ほど入れていただいたところではないでしょうか？」

荇子は後ろをむいた。乳姉妹が斜め後ろの殿舎を指さしている。常寧殿である。荇子は少し声を張った。

「そうですよ。常寧殿と貞観殿は南北に前後しております」

「え、ずいぶんと迂回《うかい》したようでしたが？」

「両殿の間には渡殿がないのです。ですから殿方《とのがた》は庭をつききっていけばよいのですが、女人は回り道をしなければなりません」

「ならば内裏《だいり》にお住まいの方々は、運動不足にはなりませんね」

面白おかしく語る乳姉妹に、荇子は思わず笑った。感じの良い娘である。朗らかで会話もうまく、はじめて来たはずの御所で、両殿の位置関係にすぐ気づくあたりなど頭の回転が速そうだ。

「那津《なつ》は、いつもうまいことを言うのね」

大姫がくすくす笑いながら言う。乳姉妹の名は那津というらしい。

貞観殿を案内したあと東の宣耀殿《せんようでん》にむかっていると、渡殿の先から如子が歩いてきているることに気づく。荇子が足を止めていったん端によると、後ろからついてきていた四人もそれにならう。大姫は対等に挨拶《あいさつ》をしてもよい身分だとは思うが、一人だけをそのように動かすのも難しい。

「あちらの御方は？」

「典侍《すけ》さまです。先の内大臣《ないだいじん》のご嫡女《ちゃくじょ》の――」

萩の方の問いに答えたとき、如子のうしろから人影が飛び出してきた。

竜胆宮だった。桜かさねの半尻《はんじり》。角髪《みずら》に結った黒髪の艶《つや》があまりにも見事で、加冠《かかん》で削《そ》ぐことが惜しまれる美しい御童姿である。

「まあ、竜胆宮様」

荇子が名を呼ぶと、隣にいた萩の方があきらかにぎょっとする。心の準備以外にも、未来の婿に色々と複雑な思いがあるのだろう。はたして大姫の反応はと目をむけるが、萩の方と那津の陰になってしまって見えなかった。

いっぽう竜胆宮は、いつものとおりはきはきと挨拶をする。

「ごきげんよう、江内侍」

「ごきげんよう。どちらに参られるのですか？」

「主上のもとにご挨拶に行かれるところで、いまご案内をしているのよ」

竜胆宮の背後から答えた如子は、しずしずと裳裾《もすそ》を引いて近づいてくる。その美貌に圧倒されたのか、萩の方はしばしぽかんとしている。彼女もなかなかの美貌だが、その点で如子は格が違う。

「ああ、いまからですね」

弾む気持ちを抑えつつ、荇子は相槌《あいづち》をうつ。

舞姫関連の儀式を見学するため、竜胆宮が参内《さんだい》することは今朝から知っていた。だから案内するふりをしてなんとか大姫と引き合わせられないかと画策したのだが、これは思いがけない幸いだった。

　如子と竜胆宮は、苻子の後ろにいる大姫一行に視線をむける。

「そちらの方々は？」

「三条大納言の大姫さまと、そのお母さまです」

　竜胆宮は目を円くした。加冠を前に、まさか自分の添臥《そいぶし》と顔を合わせることになるとは思ってもいなかっただろう。どうしようかというように視線をうろつかせる。元服《げんぷく》前の少年とはいえ、すでに十四歳である。身内以外の姫君をまじまじと見つめることは遠慮《えんりょ》すべき年だ。

　いっぽう大姫のほうといえば、檜扇をかざしたままぽかんとしている。気を利《き》かせた乳母《めのと》と那津がすばやく前にたちふさがり、身を挺《てい》して養い君の姿を隠した。しかしその二人の竜胆宮を見る目といったら、好奇心に満ち溢《あふ》れている。

（まあ、大丈夫よね）

　あらためて竜胆宮の姿を一瞥《いちべつ》する。年若さから頼りない印象はあるかもしれぬが、そんなものは数年で解決する。容姿も朗らかさも、婿として非の打ち所がない少年である。よほど変わった趣味でもないかぎり、たいていの女性は好印象を持つだろう。

　しばしうろたえたあと、竜胆宮は深々と頭をさげた。

「三条大納言には、言葉では言い尽くせぬほどのお世話をいただきました。この場を借りてご妻子にも御礼を申し上げます」

はきはきとした物言いに、それまで警戒気味だった乳母と那津の表情がたちまち和《なご》む。隙間《すきま》から垣間見《かいまみ》るように大姫のようすをうかがった荇子は、檜扇の上からのぞく彼女の目にほのかな熱っぽさを見いだして安堵《あんど》する。

その中で萩の方だけが、その表情に戸惑いを残している。まあ、そうだろう。彼女が気に入らないのは仮初めの東宮という竜胆宮の立場なのだから、いくら容姿や人間性が優れていようと納得できるはずがない。

しかし三条大納言が、竜胆宮を娘婿にむかえる決め手はそれである。この少年が夫であれば、娘は穏やかに暮らせるだろうと彼は考えたのである。しかし上昇志向が強い萩の方は夫がえらんだ婿には不満があったから未練がましく文句を言っていた。その結果、大姫は父親が選んだ結婚相手に不安を抱いてしまった。

であれば一度会わせてみれば安心するだろうというのは、竜胆宮を信頼した三条大納言の策略だ。舞姫参入も含めた新嘗祭《にいなめさい》前後の儀式に、竜胆宮が参内することを知っていた三条大納言は娘を御所に呼んだ。どうにかして二人を会わせたいという三条大納言の目論見《もくろみ》を聞かされた荇子は、那津の要望を機に案内役を買って出たのである。知らぬふりをして竜胆宮のために準備された局に誘導しようと考えていたのだが、思いがけない形で目的を果たすことができた。

息子ほどに若い少年に礼儀正しくふるまわれ、萩の方は気まずげに視線を落とす。

「ご丁寧《ていねい》にありがとうございます。けれど夫の働きにかんしては、私はよく存じませんので……」

この言葉にもかすかな反抗はにじみでている。私はよく知らない、つまりは納得はしていないという当てこすりにも聞こえる。しかし竜胆宮に引っかかったようすはない。彼はにこやかに大人びた笑みを浮かべた。

「さようでございますか。あまり恩着せがましくしたくないという、私への心遣いでございましょう。亜槐《あかい》はやはり人品に優れた御方です」

那津が頬に手をあて、ほうっと感嘆の息を吐いた。乳母も惚《ほ》れ惚《ぼ》れと養い君の未来の婿を見つめている。さすがに大姫はそこまで露骨な真似《まね》はしなかったが、恥ずかし気に視線を落としながらも、ちらちらと上目をむけるさまから、気になってしかたがないという風《ふ》情《ぜい》である。苻子は己の目的が達成されたことを確信した。申しわけないが萩の方の不満の解消は、苻子が手を回す範疇《はんちゅう》ではない。

竜胆宮と如子は、そのまま清涼殿に進んでいった。

荇子は大姫に目をむける。竜胆宮がいなくなったからか、檜扇《ひおうぎ》が少しずれている。その頬はうっすらと朱に染まっていた。

三条大納言も匂《にお》わせていたが、栄誉ではなく幸せを望むのなら、食わせ者でしたたかな今上に入内《じゅだい》させるより、誠実でそれなりにたくましい竜胆宮のほうが絶対に良いに決まっている。荇子も全く同感である。

ただそれに納得できないから、萩の方だけはなんとも複雑な表情で竜胆宮を見送っているのだった。

大姫達一行を常寧殿に送ったあと内侍所に戻ると、すぐさま弁内侍《べんのないし》が近寄ってきた。そして彼女は、如子が人目をはばからずに明泰を叱責《しっせき》したことを伝えた。当事者がいないのをよいことに、回りにも聞こえる遠慮のない声量だった。もっとも人目をはばからずという如子の行動の段階で、御所中に知れ渡っているのだろうが。

「え、なにがあったの？」

「竜胆宮様をご案内しているさいに、右衛門権佐《うえもんのごんのすけ》につかまったのですって」

荇子は顔をしかめた。明泰の目的は竜胆宮だろう。あるいは従姉弟《いとこ》という関係から、如子に取り持ってもらおうと考えたのかもしれない。どのみち三条大納言にからんでいた様子を見ても、明泰が善良な理由で竜胆宮に近づこうとしているとは思えない。

「なにか理由をつけて話しかけようとしてきたから、典侍《ないしのすけ》がこれから主上のところにうかがうことを理由に素っ気なく追い返そうとしたそうよ」

そうなると渡殿《わたどの》で鉢合《はちあ》わせてすぐあとの話になる。もっとも戻るときだったとしても、明泰を退けるために如子が嘘をついたのかもしれない。いずれにしろ素っ気なくという光景が目の前に思い浮かぶようだった。

「それでもなんとか食い下がろうとしたらしいのだけど、騒ぎを知って駆けつけた女房達が竜胆宮様を囲んでしまって、その前に典侍が仁王像《におうぞう》のように立ちふさがって、これ以上つきまとうのなら、陣官達を呼び寄せて力ずくで追いはらわせると脅したのですって。そこまでされると言われて、右衛門権佐もようやく引き下がったそうよ」

「……典侍にしかできないわね」

「まあ零落《おちぶ》れても一応先の左大臣《さだいじん》のご子息だからね。いくら竜胆宮様をお守りするためでも、普通の女房ではそこまで強気なことは言えないわ」

言えたとしても、中臈《ちゅうろう》の自分達では明泰も動じなかっただろう。むしろ女房達を突き飛ばしてでも竜胆宮に近づいていったかもしれない。先の内大臣の嫡女にて、上臈《じょうろう》の如子だから彼も引き下がった。

事なきと評してよいのかは微妙だが、ひとまず如子の強気でその場はおさまった。しかしあとのことを考えると懸念《けねん》は残る。

「それにしても右衛門権佐は、ずっと竜胆宮様を探していたのかしら？」

昼に見かけた姿を思い出す。三条大納言に付きまとい、直嗣に手厳しく注意されたあげく不貞腐《ふてくさ》れて立ち去っていった。あのあとはどこに行っていたのだろう。彼の身分なら殿《てん》上《じょう》の間には上がれるが、居心地はけしてよくないだろう。

そもそも彼は竜胆宮の顔を知らなかっただろうに、どうやって探し当てたものか。元服前の少年で、如子のような上臈が送り迎えについているという段階で大方の予想がついたものだろうが。

「このあとは大丈夫かしら？　典侍だって、ずっと竜胆宮様についているわけにはいかないわよ」

「そうなのよ。本当は御所から追い出したいところらしいけど、いまのところそこまでする無体はやらかしていないからね。話を聞いた頭中将《とうのちゅうじょう》が、周囲をよく見張らせると言ったらしいけど」

その人選はあまり好ましくないのではと思ったが、近衛府《このえふ》の仕事は禁中《きんちゅう》の警備なので職《しょく》掌《しょう》としてはまちがっていない。

それに考えようによっては、効果的かもしれない。直嗣に阻《はば》まれることは明泰にはそうとうの屈辱《くつじょく》だろうから、それに耐えられずに目論見を断念する可能性もある。身分の高い者達はえてしてひどく体裁《ていさい》を気にする。陣官達に追い払わせるという如子の脅しが効いたのも、腐っても公達《きんだち》と呼ばれる身分で下級武官達に乱暴に扱われるという醜態《しゅうたい》を人前でさらす危険を避けたかったからだろう。それだけ如子が本気の空気を放っていたということでもある。

「ていうかそのやり取りの間にお声をいただけなかった段階で、竜胆宮様のお気持ちを察してもよさそうなものよね」

辛辣《しんらつ》だが、弁内侍の言い分はまったく正しい。それだけ必死なのだと思えば哀れでもあるが、これまでの無沙汰《ぶさた》の詫びをせずに、自分の要求ばかりを強引に通そうとする明泰の思考にはやはり同情できない。

「ともかくそういうことがあったから、右衛門権佐には要注意だと全員に教えておくわ」

そう言って弁内侍は立ち上がった。いまから台盤所《だいばんどころ》や他の場所に行って、女房達にこの件を周知させるつもりなのだろう。

「そうね。手に負えないようだったら早めに陣官を呼ぶか、典侍もそうすぐには来られないでしょうし——」

「いや、そのときはあなたがなんとかしてよ。江内侍」

見下ろしたまま言われ、荇子は目を円くする。弁内侍はとうぜんのように言う。

「主上の腹心からぴしっと言われたら、右衛門権佐だって引くって」

「いや、ちょっと……」

荇子は戸惑うが、弁内侍は自分の発言になんの違和感も持っていないようだ。反論の言葉が思い浮かばないでいる荇子に「じゃ、行ってくるわね」と軽く言いおき、弁内侍は出ていった。

あとに残された荇子は、しばし呆然《ぼうぜん》としてその場に座っていた。

萩の方の発言もあって、世間の認識はある程度自覚していた。とはいえ如子のような身分も貫禄《かんろく》もない自分が、公達の暴走を止めるなど想像もしていなかった。

できるのだろうか？　そんなことを思ったあと、すぐに如子とはちがうと考え直す。そんな勇ましいことを考える必要はない。

少し前、帝からの命を受け、出雲《いずも》から献上された神宝を内蔵頭《くらのかみ》に調べさせた。彼が娘ほどに若い荇子にやたらへりくだっていたのは、征礼との関係があったからだ。それほど征礼は帝の腹心として周知されていた。

けれど征礼は、一度たりとも他人に尊大にふるまったことはない。自分より上位の者、その中でも特に年長者に対しては礼節をわきまえている。だから重用を愉快に思わぬ重臣達も、案外に反発していない。下手《へた》に妨害をするより、彼に協力して帝との仲を取り持ってもらった方が得策だと考えているからだ。

自分が進む方向もそうあるべきだろう。

ただただ平穏に過ごして致仕《ちし》を目指す。宮仕えをはじめて以来の信条は、とうの昔に音をたてて崩れている。なにもかもとは言わぬが、九割は帝のせいである。しかしその件にかんしてなにか言ったところで、いまさらどうにもならない。

伏魔殿《ふくまでん》とまでは言わぬが、いろいろと面倒なことが多いこの御所で、取り立てて身分も高くない自分がいかに快適に過ごすかを考えれば、やはり征礼のやり方にならうしかないのだとあらためて荇子は認識したのだった。

夜もすっかり更けた頃、舞姫参入の儀が執《と》り行われた。

倍増ししたのではと思うほどの量の篝火《かがりび》で昼間のように明るい中を、大勢の観客の視線にさらされながら四組の舞姫一行がそれぞれの局《つぼね》に入った。その間合いで荇子は、当初の予定通り大姫達を貞観殿の局にと連れ出した。

昼間とはちがい、渡殿も簀子《すのこ》も人であふれかえっている。日頃を家中で暮らす女人には衝撃的な状況かもしれない。特に耐性がないであろう大姫は、悪酔いでもしたように袖口《そでぐち》で口許を押さえている。反対側の手で檜扇をかざしつづけるのも煩《わずら》わしげだ。養い君《やしなぎみ》の様子を、那津が心配そうに見つめている。

「こちらです」

妻戸《つまど》を押し開け、あらかじめ準備をしてもらっていた局に入る。几帳《きちょう》や衝立《ついたて》を使って広めに設《しつら》えた局は、貞観殿の廂《ひさし》の一角を使っている。ゆらゆらと揺れる大殿油《おおとのあぶら》の炎と、炭櫃《すびつ》の中の赤々とした燠火《おきび》が室内を明るく照らし出している。

「さ、姫様こちらでお休みください」

那津が大姫の背に手を置きながら、座ることを促す。萩の方と乳母《めのと》も不安げに見守っている。女嬬《にょうじゅ》に白湯《さゆ》を持ってくるように命じ、脇息《きょうそく》にもたれて一息ついたあと、大姫は言った。

「ありがとう。だいぶおちつきました」

「人が多いので驚かれたでしょう」

荇子が言うと、大姫は申し訳なさそうに目を伏せる。

「局では大丈夫だったのですが、簀子は殿方《とのがた》が多かったので——」

「そうですよね。私共のように宮仕えをしている者は、人込みにも殿方にも慣れているのですが、大納言さまの姫君ともなれば、お身内の方とでも顔をあわせることはそうそうないと申しますものね」

苻子の慰めに、大姫ではなく那津が「大殿とはお話しなされていますよ」と言った。さすがに公卿《くぎょう》の姫でも、実の父親が相手ではそこまでよそよそしくならないかと苻子も苦笑した。

「三条大納言さまは、大姫さまのことをご鍾愛《しょうあい》なされておいでですものね」

何気なく言ったあと、萩の方にはいやみに聞こえなかったかと気づく。ちらりとようすをうかがうと、炭櫃に手をかざしつつなんとも苦々しい顔をしている。余計な刺激をしたかと後悔《こうかい》はしたが、いまさらどうにもならない。そもそも苻子が口にした言葉自体は、別に失言でもない。

萩の方はしばらく、炭火を見つめていた。むっつりとしたその表情は、世辞にも上機嫌には見えない。自身の内側にある鬱屈《うっくつ》を整理するかのような間に、面倒なことにならぬうちに退散しようと苻子は思ったのだが——。

「北の方の中《なか》の君《きみ》であれば、今上に入内《じゅだい》をさせましたよ」

吐き捨てるような物言いに、荇子は退散が遅かったと臍《ほぞ》を噬《か》んだ。聞こえぬふりをして去ることもできたが、三条大納言の本音を知っているだけに萩の方の誤解を無視もできなかった。萩の方がすねることは勝手だが、大姫が父親の愛情を誤解したままとなることは容認しがたい。

「確か中の君さまは、十二歳でございましょう。三十歳の主上とはあまりにも年が離れておりますゆえ、そのような話にはならないと――」

「でしたら私の娘を入内させてもよいのでは？」

萩の方は声を尖らせた。なだめるつもりで言ったのに、かえって逆撫《さかな》でしてしまったようだ。三条大納言が自分の娘達を入内させるつもりがないこと。それは娘の幸せを望んでいるからだと、帝を前に臆することもなく言ったことを教えてやりたかったが、そこまでするのは増長だ。そもそも入内が娘の幸せだとしか疑っていないこの女人には、おそらく理解できない。

「大姫は十六歳。帝の妃として不足のない年齢でありましょう。それをなぜ、即位の可能性も曖昧《あいまい》な仮初《かりそ》めの東宮になど――」

「御方さま」

さすがに乳母が諌《いさ》めにかかる。それで萩の方はようやく口をつぐんだ。勢いのまま語りつづけていれば、竜胆宮に対してなかなかの暴言を吐いていただろう。そこはさすがに理性が働いたのか。まあ、いまの発言でもそれなりではあるが。

それにしても夫婦の間にこれほど認識のちがいがあるとは、なかなか厳しい。

三条大納言が妻に自分の考えをきちんと説明できていない、ないしは萩の方が夫の考えを理解できないでいることから考えても、この夫婦はもう終わっているのだとあらためて痛感した。

他人の価値観など変えられるものではないし、そもそも変えようと思うこと自体が傲慢《ごうまん》である。信念を持って貫いたその姿勢を見た相手が感銘《かんめい》を受け、自分の価値観を変えることはあるだろうが、それは自分の有利のために他人の心を動かそうとするのとはちがう。

「竜胆宮様は、素敵な殿方だと思いましたけど……」

さらりと那津が言った。嫌な空気を無視した軽い口調に、苻子は称賛の拍手を送りたくなる。鈍感力というべきか、あるいはそれを装っているのか。卓子に近しい頼もしさだ。

「先程お会いするまでは心配でしたけど、お美しくて礼儀正しい方で、姫様も安心したと仰《おお》せでしたよね」

「な、那津⁉」

とつぜん自分のことを言われ、大姫はなにか言いかけた。しかし乳姉妹《ちきょうだい》に「ね」と同意を求められると、無言で顔を赤くする。萩の方はむっとして顔をそらした。ここでとやかく言ってもどうにもならぬことが彼女も分かっているのなら、言葉ほどに悪あがきはしていないとも思う。

子供の結婚はたいていが母親が中心になって決める。異母妹の中の君であれば、仮に夫が考えた縁談が気に入らなければ、北の方が彼女の実家の力を使ってさらなる良縁を探しだしてきただろう。身分の高い母親にはそれだけの力がある。しかし萩の方では、三条大納言が決めた以上の相手は選べない。

——どうしようもない。

そっと嘆息したあと、仕切りに置いた屏風《びょうぶ》の端から小さな手がのぞいていることに気づいて荇子はぎくりとする。迂闊《うかつ》にもほどがある。隣に局があること、そもそも人がいる可能性をまったく考えていなかった。

いまの会話を聞かれたか？　これはまずい。女房だとしたら口止めなどできるはずもなく、あっという間に御所中に広がるだろう。萩の方の評判が落ちるだけで、大姫も荇子も特に困ることはないが、竜胆宮の耳には入れたくない。仮初めの東宮という立場と引き換えに多くのものを手に入れようとしているあのたくましい少年が、この程度のことで傷つくはずもないが、不快にはちがいない。

その手がまるで誘うように、ひょいひょいと動く。

——私だと分かっている？

そう確信した瞬間、荇子はものすごい速度で屛風の端にいざりよった。手をついて上半身を突き出すと、その先で身をすくめていたのは卓子だった。卓子は唇の前に人差し指をたてる。会話が丸聞こえだったと注意をしたいのか、自分がここにいることを萩の方達に知らせるなという意味なのかは分からない。いずれにしろ口止めができる相手だったことにはほっとする。

「あなただったの、良かっ——」

言い終わらないうちに、荇子は息を呑《の》む。卓子の少し後ろに座っていたのは、竜胆宮だったのだ。先程の萩の方の暴言を思いだして眩暈《めまい》を覚えかけたが、すぐに自分に言い聞かせる。

（いいえ、大丈夫。この宮様なら屁《へ》とも思わないはず）

仮初めの東宮という人を馬鹿にした立場を引き受けることで、将来にわたっての安泰を確約させた。齢《よわい》十四でそんな計算高い判断ができるのは、親を失い、庇護者《ひごしゃ》達からも忘れ去られ、さんざんな辛苦《しんく》を経験してきた生い立ちゆえだ。その竜胆宮であれば、萩の方の薄っぺらい虚栄心など鼻で笑うことができるだろう。

気を取り直し、荇子は屛風のむこうに滑りこむ。竜胆宮は気まずい顔をしている。声に覚えがなくても、会話が聞こえていたのなら内容で誰なのかは丸わかりだ。まして荇子が一行を案内していた現場に遭遇《そうぐう》している。

竜胆宮の反応から察するに、九割九分呆《あき》れている。予想通りとはいえ安心した。萩の方に一矢報いるぐらいのつもりで、荇子は少し声を張って卓子に尋ねた。

「なぜ、竜胆宮様がこちらにおいでなのです？」

見えはしないが萩の方達の驚きは容易に想像できた。衣擦《きぬず》れと物音が同時にして、荇子の視界の隅に、屛風の端から顔をのぞかせた那津の姿が入った。

その姿をちらりと一瞥《いちべつ》し、卓子は声をひそめた。

「宣耀殿から、逃げてきたのです」

「逃げる？　なにから——」

言い終わらないうち、妙に甘ったるい匂《にお》いが鼻先をかすめた。見ると簀子側に垂らした御簾《みす》のむこうに人影が浮かびあがっている。

この方面の格子《こうし》は、上下に分かれた二枚格子である。通常下格子は嵌《は》めたままで、上格子のみを外側にあげる形になっている。ゆえに御簾は内側に垂らしている。つまり格子が下りているのなら、外にいる者の影はこんなふうに御簾に映らない。この刻限に加えて晩秋という時季もあり、廂と簀子の間の格子はとうに下ろしていることだった。

けれど御簾には上半身の影が映っている。局《つぼね》にいる者は全員腰を下ろしているから、誰の影でもない。不自然なことは外に人がいることではなく、下ろしたはずの格子が上がっていることだった。

——逃げてきたのです。

先刻の卓子の言葉を思いだし、荇子は卓子に耳打ちをする。

「宮様にどこかに隠れていただいてから、妻戸《つまど》の錠《じょう》をかけて。それから陣官か舎人《とねり》を呼んできて」

殿舎には妻戸は四か所あり、すべて内側から錠をかける形になっている。卓子が陣官達を呼ぶために外に出るのなら、一か所は開いたままになってしまう。

「私は小戸から出ますので」

そのあたりも含めて卓子は察していた。貞観殿を職場にしている女蔵人《にょくろうど》だから、抜け道にも詳しいことは幸いだった。

卓子が竜胆宮とともに母屋《もや》側の御簾をくぐったのを確認してから、荇子は人影に近づいてゆく。甘ったるい匂いがさらに強くなる。酒の匂いだというのはとっくに承知していた。

あんのじょう上格子はその一枚だけが上がっており、霜月《しもつき》の寒気が入ってきていた。隣室にいたとき荇子はもちろん、ここにいた卓子も気づいていなかったから、やはり先刻上げたばかりなのだろう。内側から錠をかけ忘れていたのは失態だが、みなが寝静まる夜更けならともかく、舞姫参入で人も多いのだからそこまで用心深くならない。

「どなたかおいでですか？」

御簾越しに声をかけると、人影が揺らいだ。荇子は御簾の端に手をかけて、そっと持ち上げる。釣り燈籠《つりどうろう》の明かりに照らされて簀子に立つ人物は、明泰だった。四分の一ほどあげた上格子の隙間《すきま》に上半身を突っ込んでいる。目の縁が赤く、全身にまといつく空気が酒《さけ》臭《くさ》い。予想通りではあったが、白々しく驚いた声をあげる。

「右衛門権佐《うえもんのごんのすけ》さまではございませぬか。あらまあ、格子が上がっていたのですね。どうりで冷えると思った」

さもこちらが下ろし忘れたふうを装ったが、明泰が勝手に開けたに決まっている。竜胆宮の所在を確認するために――。

「お報せいただいて、ありがとうございます。炭櫃《すびつ》を焚《た》いているのに、いっこうに暖まらないと不思議だったのですよ」

明泰の行動も魂胆《こんたん》も分かっていたが、いかにもこちらの不注意を装って言う。ここで引き下がってくれれば、事が大きくならなくてすむ。できることならそれで済ませたい。腕を伸ばし、取っ手をつかむ。

「御格子を下ろしますので、少し動いていただいてもよろしいですか？」

「――竜胆宮様はお出でではないか？」

「いいえ。こちらには女房しかおりません。それに竜胆宮様のご在所は宣耀殿では？」

「いなかったのだ。だからあちこちを探しているのだが、見つからない。いったいどこに行かれてしまったのだろう」

明泰は真剣に首を傾《かし》げている。酔いのせいもあるやもしれぬが、先程荇子が竜胆宮を呼んだ声は聞こえていないようだ。

「さあ、私には――」

取っ手から手を離さずに荇子は答えを濁す。格子を下ろしたいからさっさと行ってくれという意思表示なのだが、明泰はいっこうに気づく気配はない。長居をされては鬱陶《うっとう》しいが、無下《むげ》に扱って怒らせるのも面倒である。どうしようかと考えていると、明泰は忌々《いまいま》しげに舌を鳴らした。公達《きんだち》のものとも思えぬ下品な所作《しょさ》だが、間近によれば顔を背けたくなるほどの酒気の持ち主にはふさわしい。

「これだけ探しても見つからないとなると、やはり三条大納言が会わせまいとして隠しているのだろうか……」

明泰の独白に、荇子は耳を疑った。彼は昼間の直嗣の指摘を、どんなつもりで聞いていたのだろう？　直嗣の口から出たことで反発はしたが、言っていることは妥当《だとう》だった。

　これは本物だ。酒の影響ではない。他人の心の機微にとことんまで鈍感な直嗣と同じ類《たぐい》の人種である。

　あ然とする荇子をどう思ったのか、明泰は「なあ」と同意を求めてくる。馴《な》れ馴《な》れしい態度も立つが、目先の目的は穏便に彼を追い払うことである。

「私は存じませぬ」

「そうだな。女房ごときに訊いても無駄だな」

　かちんとはしたが、この程度の侮辱《ぶじょく》は酒に酔った公卿《くぎょう》であれば日常茶飯事《さはんじ》である。現状の内裏女房《だいりにょうぼう》は、如子をのぞけばみな中臈《ちゅうろう》だから彼らは平気で軽く扱う。

「仰せの通りでございます。竜胆宮様のような高貴な御方の状況など、私のような内侍には聞かされませぬので」

　この荇子の弁明に、母屋に隠れている竜胆宮はあ然としているかもしれない。なにしろ荇子は四条邸で付きっ切りで世話をして、結果として竜胆宮が抱えたとんでもない秘密まで知ってしまっているのだ。

「しかし元服《げんぷく》の件は知っているだろう。三条大納言は自分の長女に添臥《そいぶし》を務めさせるらしいが、まったくあきれた。脇腹《わきばら》で身分の低い女から生まれた姫だというではないか」

あなたもそうだろう、という言葉が喉元《のどもと》まで出かかった。

先の左大臣《さだいじん》の遅い子供として生まれた明泰は、唯一残っていた男子として父親に猫可愛《ねこかわい》がりされたと聞いている。物心つく頃には正室腹の異母兄達は亡くなっていたので、そのあたりをわきまえる気持ちが育たなかったのかもしれない。

だとしても自分の出生は承知しているだろうし、なにゆえこんな言葉が出てくるのか理解しがたい。諌《いさ》めるよりもどこまでの勘違い発言が飛び出してくるのか、むしろ見守りたい気持ちも芽生《めば》える。

しかしこのまま好き勝手にしゃべらせては、隣の局にいる大姫を傷つけかねない。先刻の発言だってなかなかのものだ。大姫はもちろんだが、萩の方にはかなり屈辱だっただろう。そもそも苻子自身、さすがに好奇心より厄介払《やっかいばら》いをしたい気持ちのほうが上回る。どうにかして退散してもらわないと、という苻子の願いなどいっさい気づかぬ明泰は、好き勝手に言う。

「傍目《はため》には手厚く世話をされているようだが、結局のところ三条大納言の本音はそれだろう。それゆえ竜胆宮様に、心を許さぬようにご忠告申し上げたいのだ」

もはや突っ込む言葉も思い浮かばなかった。酔っぱらっているにしても、よくここまでの妄想ができるものだと感心する。

（はやく陣官達が来てくれないかしら）

卓子の俊敏さであれば、もうそろそろやって来てもよさそうである。そうなればあとは彼らに任せて、この格子を下ろしてしまおう。

そのとき御簾を割る、がさりという音が響いた。まさか、と思いつつ目をむけると、母屋側から竜胆宮が出てきたところだった。ここまでの荇子の忍耐を水泡《すいほう》に帰《き》す行為だが、愚行とはさすがに言えない。飛び出してしまった気持ちはとても分かる。

大股《おおまた》で下長押《しもなげし》をまたいだ竜胆宮の背後で、彼がはねあげた御簾が音をたてて戻った。

「いらぬ世話です」

きっぱりと竜胆宮は言った。あどけなさが残る端整な面差《おもざ》しに怒りが張りつめている。

明泰はぽかんとなり、説明を求めるように荇子を見た。急いで目をそらしたが、知らぬふりをして「宮様、なぜこちらに」としらを切ったほうがうまいやり方だったと臍《ほぞ》を噬《か》んだ。

「三条大納言は主上の依頼で私の世話をしてくれている。それを疑えというのは、主上に対する造反と解釈されても弁明はできまい。右衛門権佐はそのことを承知のうえで言っているのか？」

竜胆宮の口舌《こうぜつ》は厳しかった。苻子達に見せる、あどけなさはかけらもなかった。しかも厳しい指摘にはわずかな躊躇《ためら》いさえない。日頃の彼が持つ聡明さや優しさをすべて覆《おお》い隠すほど、強い嫌悪の感情がにじみでている。

これでよく分かった。竜胆宮は、心から明泰が嫌いなのだ。

これまで彼は、南院家にかんしてひとつも恨み言を言わなかった。それどころか認識すらしていないような雰囲気《ふんいき》だった。父親の北山の宮とはちがい、彼自身は南院家と直接かかわっていない。日々の生活に精いっぱいな状況で、恨みに惑わされて精神の健全さを失うという非合理的な事態には陥《おちい》らなかった。

けれどこたびの親王宣下を切っ掛けに、明泰から接触を図られた。

このときはじめて竜胆宮は認識したのだ。東宮であった父親の尊厳を蹂躙《じゆうりん》し、その代償である庇護《ひご》すら果たそうとしない、苦境の原因となった相手の存在を――。

仏像を目にした竜胆宮は、困惑していたと征礼は言っていた。それが怒りや嫌悪に変わったとて、南院家の竜胆宮への仕打ちを考えればとうぜんの経過ではないか。

元服前の華奢《きやしや》な少年の激怒に、明泰はしどろもどろになる。

「造反などと、私はただ……」

「大姫への発言も目に余る。彼女は三条大納言が熟慮《じゆくりよ》の末に選んでくださった、私の大切な添臥だ。彼女とその両親への侮辱は私への侮辱と同じものと心得よ。さような無礼者の顔など見たくもない。去《い》ねっ！　今後二度と私にかかわるな」

よくぞ言ってくださいました。心の中で喝采《かっさい》を送っていた荇子だったが、ふと熱い視線を感じた。見ると大姫と那津が屛風《びょうぶ》の端から顔をのぞかせていた。大姫は昼間以上にうっとりしている。とうぜんだ。荇子が大姫の立場だったら、まちがいなく竜胆宮に心を奪われる。

明泰は呆然《ぼうぜん》と立ち尽くしていたが、なにやらしどろもどろに弁明をはじめる。

「宮様、私はなにも――」

「あなた自身がなにもしていなくても、あなたの祖父と父の私達親子への仕打ちを私は忘れていない。もちろんあなたに償えとは言わぬし、報復しようとも思っていない。けれど私ができるのはそこまでだ。それ以上は譲歩《じょうほ》するつもりはない」

如子に負けず劣らずの容赦《ようしゃ》ない態度に、やはりこの宮様も南院家の縁だけあるとひそかに思う。

「右衛門権佐」

とつぜんの呼びかけに、明泰は視線を動かす。格子の隙間《すきま》から外を見ると、そこには数名の陣官を引きつれた直嗣が立っていた。

傍目にもはっきりと分かるほど、明泰は顔を朱に染めた。酒のせいではない。醜態《しゅうたい》を一番見られたくない相手だっただろう。明泰の心境を考えると胸は痛むが、陣官だけではごねられる可能性もあったから、直嗣が来たことはよかったのかもしれない。

「去られよ。宮様がそれをお望みだ」

直嗣は言った。先刻の竜胆宮の言葉は聞こえていたようだ。

竜胆宮はふいっと顔をそむけ、御簾《みす》内に姿を消した。明泰を一顧《いっこ》だにしなかった。その冷淡さに身震いさえしそうになる。明泰はすがるような目で御簾内を見つめていたが、やがてがっくりとうなだれる。

「なぜだ……」

彼は声をしぼりだした。

「私はなにもしていないのに……すべて父と祖父がやったことだ。二人ともとっくに亡くなったのに、主上はなぜ南院家をここまで追い詰めようとなさるのか」

恨む相手が竜胆宮ではなく帝になっているあたりなど、これまでの彼の鬱屈《うっくつ》がにじみでていた。そもそも帝の冷遇がなければ、明泰は竜胆宮に近づく必要もなかった。壺切御剣《つぼきりのみつるぎ》の件はすでに達しがあったはずだが、あれは明泰のわずかな希望を打ち砕く決定だったにちがいない。

身体《からだ》を震わせる明泰に、直嗣は憐《あわ》れみと同情を交えた眼差《まなざ》しをむける。中途半端な人だと思う。こういうときは下手《へた》に感情移入した様子を見せるより、職務に徹底して無表情を貫くほうが明泰も救われるのに。

あんのじょうというのか、直嗣の視線に気づいた明泰はみるみるうちに顔を歪めた。

「その目はなんだ！」

明泰は吠えた。

「この偽善者がっ！　なにも加担していないかのようにふるまいやがって。きさまら北院家とて、父に追従《ついじゅう》していたではないか。あの当時、室町参議《むろまちさんぎ》以外に今上に良くした者がいたのか？　傍観者《ぼうかんしゃ》など、虐《しいた》げられた側からすれば敵と同じだ。それを」

唾《つば》を吐き散らし、明泰はまくしたてる。自身の言葉を、いま身に染みて感じているのだろう。現状で彼の苦境に手を差し伸べる者は一人もいない。その点で明泰の境遇は、東宮時代の今上より厳しい。今上には舅《しゅうと》の室町参議がいたし、味方とまでは言えずとも、三条大納言や右衛門督のように、その実直な気質ゆえに東宮としての敬意を払う者も幾人かはいた。

けれど明泰にはそんな存在はいない。彼は完全に一人だった。

——南院家は、色々と横暴が過ぎたんだよ。

先月の晦日《つごもり》に、征礼が口にした言葉を思い出す。

かつての己の栄華のために踏みにじられた者がいたはずだと、少しでも想像力があるなら気づくだろうに、当時はおろかいまでさえ明泰は微塵《みじん》も考えていないにちがいない。だからこそ竜胆宮にすがろうなどと、厚顔無恥《こうがんむち》な真似《まね》ができたのだ。

明泰の剣幕に、直嗣は気圧《けお》されたように息を呑《の》む。虐げられた側からすれば傍観者は敵と同じ――極論のきらいはあるが、そう思ったところで責められない。つまり自分が帝から疎《うと》んぜられる理由はそういうことなのだと、いまの明泰の言葉で直嗣が気づいたものかどうか。

しばし気圧されかけていた直嗣だったが、なんとか強気と責任感を取り戻して明泰に言った。

「それは父や祖父がしたことであって、私は今上に無礼は働いていない」

荇子は愕然《がくぜん》とする。本気で言っているのか？　それともこれ以上取りあうことをしたくなくて、敢えて絶望させる発言をしたのか。

真意をさぐろうと直嗣を見るが、取り澄ました表情より深いものはうかがえない。目に見えるもの以上のものはなにも探れない。なんと浅い人間かと、呆《あき》れるを通り越してもはや感心の域にまで達してしまう。

せつな。しゅっとなにかが動く音がして、直嗣の表情に驚愕と恐怖がにじむ。

なんだ？　と思った矢先、荇子の前で影が動いた。目にも留らぬ速さで動いたそれは明泰だった。彼が野太刀《のだち》を抜いて、直嗣に斬りかかったのだ。陣官達の騒ぎ声の中、荇子の視界に水面に石を投じたときのような血潮《ちしお》がよぎった。


明泰は日給の簡《ふだ》を削られた。

日給の簡とは清涼殿に置いた大型の木簡《もっかん》で、殿上人《てんじょうびと》の名が記されている。これを削るというのは、殿上人の資格をはく奪することを意味する非常に厳しい処遇である。

御所で、しかももっとも重要な神事でもある新嘗祭《にいなめさい》を二日後に控えて血の穢《けが》れを起こしたのだから、流罪《るざい》にならなかっただけ御《おん》の字《じ》である。

この騒動により、南院家の再興の道は完全に断たれた。彼らを退けようとした帝もそこまでの制裁は望んでいなかったから、これはもう明泰の自滅というしかなかった。

「それで、頭中将《とうのちゅうじょう》の傷の具合はどうなのか？」

帝が尋ねたのは、刃傷沙汰《にんじょうざた》が起きてから三日後。豊明節会《とよあかりのせちえ》が終わった翌日だった。五節《ごせち》関連の行事はすべて終わり、御所はようやく平穏を取り戻しはじめていた。

朝餉間《あさがれいのま》で脇息《きょうそく》にもたれた帝に、簀子《すのこ》の征礼は「深い傷ではなかったようですが……」と語尾を濁した。たとえかすり傷でも、他人から斬りつけられた衝撃は大きいだろう。直嗣のような公達《きんだち》であればなおさらだ。もう少し身分が低い者であれば、たとえ貴族でも刃傷沙汰はままあることなのだが。

明泰に殺意があったのかどうかは分からぬが、傷は左の上腕を表面上斬りつけただけですんだ。直嗣がうまく逃げたのと、そもそも明泰にも人に致命傷を負わせるほどの武術の腕がなかったことは幸運だった。

「ならばよい。急がずゆっくり療養するように伝えよ」

あまり心がこもっていない言い方は誰に対してでもあって、別に虫のすかない直嗣が相手だからではない。怪我《けが》をしたとなれば、さすがの帝も普通に心配はする。

「そうでないと、弘徽殿が面倒で敵《かな》わぬ」

ぼそりとした帝のつぶやきは、あきらかな愚痴《ぐち》だった。帝のはす向かいに控えていた苻子は、下長押《しもなげし》を挟んで征礼と目を見合わせる。

弟の負傷を聞いた弘徽殿女御が倒れたという話は聞いている。軽症だと女房が言い聞かせても「人を傷つけるなんて、恐ろしい」とさめざめと泣きつづけているという。刃傷沙汰など、それこそ直嗣以上に耐性がないだろう。

「江内侍、そなたは大丈夫なのか？」

帝が問いに、荇子は怪訝《けげん》な顔で返す。

「私は負傷しておりませんよ。格子の内側におりましたので」

「そうではなく、そなたは刃傷沙汰を目《ま》の当たりにしたのだろう」

半ば呆れたように指摘されて、ようやく意味がわかった。当日はさすがに衝撃的で、思いだしてちょっと寝つきが悪かった。けれど翌日はほぼ気にならなくなった。直嗣の負傷が大事に至らなかったと知っていたからなおさらだ。

「私は大丈夫です」

胸を張って答えた荇子に、帝は苦笑する。

「なんと申しましても弘徽殿女御様はお身内が負傷されたわけですし、そもそも私のような卑《いや》しい者とはちがってお気持ちも繊細ですから」

「……そうか？　私はだいぶ無神経だと思うがな」

皮肉気な帝の言葉に、まあ容赦《ようしゃ》がないと今度は荇子が苦笑した。

八重咲《やえざ》きの桃花のようと称される弘徽殿女御は、朗《ほが》らかで美しい女人だ。性格も穏やかで素直である。しかし驚くほど浅慮《せんりょ》だった。教養とは別の部分で色々と考えが足りない。このあたり人から気遣ってもらうことが日常なので、他人の心の機微に驚くほど鈍感だ。

は直嗣と同じである。これまで苻子は彼女とあまり接触がなかったので気づかなかったのだが、先日の献上品の唐錦騒動ですっかり辟易《へきえき》してしまった。

夫として弘徽殿女御を恒常的に遇さなければならない帝は、苻子が直嗣に感じる以上のいらだちを溜めこんでいるのではあるまいか。実家の権勢に応じて妻達には愛想よく、表向きはよき夫としてふるまっているが、先の藤壺中宮も麗景殿《れいけいでん》女御もそんな欺瞞《ぎまん》には早々に気づいていた。

はたして弘徽殿女御はどうなのか？　春先に雀《すずめ》の件で直に話をしたとき。乞巧奠《きこうてん》の席で帝の傍《かたわ》らで微笑《ほほえ》んでいたとき。唐物御覧《からものごらん》で麗景殿女御に反物《たんもの》を突き返されて目頭《めがしら》を押さえていたとき。事案とともに色々思いだしてみるが、美しい顔に浮かんでいる以上の感情がうかがえない。よく言えば裏表がなく、悪く言えば深みがない人だった。

花のように美しいが、実のない女人。であれば桃花より山吹《やまぶき》のほうがふさわしい。もっとも近頃は帝が麗景殿女御により親しみを抱き、ちょいちょいと召すようになっているので、さすがに焦りは感じていると思うが。

そのとき隣室の台盤所《だいばんどころ》側の襖障子《ふすましょうじ》が開き、葡萄染《えびぞめ》の唐衣《からぎぬ》をつけた命婦《みょうぶ》が顔を出した。苻子がいざり寄ると、彼女はひそめた声で言った。

「竜胆宮さまから、例の執金剛神像《しっこんごうしんぞう》が届いたわ」

荇子は「ああ」と相槌《あいづち》をうつ。話題になったのはほんの数日前なのに、そのあとが激動すぎて失念していた。親王宣下の祝いに、明泰から贈られた例の仏像だ。名匠《めいしょう》・遠信の工房の作品ということで近々のうちに御所でみなに披露しようという話になっていた。

しかし贈り主の明泰が簡《ふだ》を削られ、竜胆宮も明泰に愛想をつかしている現状でその立ち位置はなんとも微妙なものになりそうだ。

「竜胆宮様は、その像を主上に献上したいと――」

命婦は荇子を通じて伝えたつもりだが、距離的にどうしたって帝の耳に入る。帝は口端を持ち上げた。

「持っていたくないのだろう。しかし仏像ともなれば、処分するのも罰当たりだからな」

「遠信縁の像であれば、なおさらでしょう」

征礼が命婦に像を持ってくるように指示した。いったん奥に引き下がったあと、二人の命婦が簀子に姿を見せる。丸い台座の端を、左右それぞれに持っている。二人の表情からさほど重たそうには見えなかったが、物が物だけに扱いが慎重だ。白い布がかかっているので全貌《ぜんぼう》は分からない。

帝の御前に置かれた像に、荇子はいざりよった。征礼から大きさの目安は聞いていたが、床に置いた像は荇子の胸よりも少し低いくらいの高さだった。

静かに布を外した荇子は、明らかになった像の見事さに息を呑んだ。

意匠《いしょう》そのものは際立った個性はない、一般的な執金剛像だ。

しかしその特徴でもある忿怒相《ふんぬそう》の、かっと見開いた目、大きく開いた口腔《こうこう》の迫力と細やかな細工に圧倒される。金剛杵《しょ》を右手に身構えた着甲の肢体《したい》は、一般的な執金剛神に比べて若干《じゃっかん》細身だが、引き締まった強靭《きょうじん》な肉体が甲冑《かっちゅう》から伝わってくる。いまにも動きだしそうな躍動感も、製作者の力量を如実《にょじつ》に示していた。

「これは、見事な……」

珍しく帝が素直な感情を吐露した。征礼もうなずく。

「私は一度目にしているのですが、あらためて見ても圧倒されますね」

「これで弟子の仕事とは……。遠信の工房には、いかほど素晴らしい匠《たくみ》がいるのでしょう」

荇子の言葉を最後に、三人は無言で像に魅入《みい》っていた。

やがて、むこうから衣擦《きぬず》れの音が聞こえてきた。下襲《したがさね》の裾《きょ》を引きながらやってきたのは三条大納言だった。彼は御前にある仏像を一瞥《いちべつ》してから言った。

「無事に届きましたね」

「ああ、ここまで見事な出来栄えだとは思わなかった。しかし竜胆宮は、まことにこれを譲ってもかまわぬのか？」

「それは間違いございません――」

帝の確認に断言したあと、三条大納言は一度言葉を切る。そうしてつかの間をおき「右衛門権佐《うえもんのごんのすけ》には、金輪際《こんりんざい》かかわりたくないと仰《おお》せでしたから」と言った。三条大納言にも明泰を哀れむ気持ちはあるが、だからといってなにかできるわけでもなし、するつもりもない。その証拠のように、彼はがらりと口調を変えた。

「実はその仏像にかんして気になることを、法額寺《ほうがくじ》にお住まいの女一の宮《おんないちのみや》さまからお聞きしたのです」

女一の宮の名に、帝は意外な顔をする。これは春先に身罷《みまか》った帝の娘ではない。先々帝が承香殿中宮との間にもうけた内親王である。姪《めい》との呼び分けのために法額寺の姫宮とも呼ばれている。

「異母妹《いもうと》が？」

「はい。姫宮様はいくつかの寺院を預かる立場にありますので、その縁で遠信ともつながりがあるのだと――」

三条大納言が口にした法額寺というのは、女一の宮が住む門跡《もんぜき》である。建立《こんりゅう》をしたのは母親の承香殿中宮である。ちなみに姫宮自身は出家《しゅっけ》はしていない。そもそも女人は出家をしても自宅で過ごすことが一般的である。

女一の宮の場合、住居として寺に住んでいるのだ。横暴な先の皇太后に唯一対抗していた気の強い女人だったが、母である中宮が身罷ったあとは、こんな相手と張り合うことは時間の無駄だと気づいたかのように、あっさりと御所を出てしまった。

背景を聞けば、遠信とつながりがあるというのも分かる。それにしても、久しく聞かなかった名前ではある。

「それで、気になることとはなんだ？」

帝の問いに三条大納言は、その面差《おもざ》しにやや困惑の色を残しつつ言った。

「その仏像を手掛けた弟子とは、梅壺女御さま所生の三《さん》の宮《みや》様だと仰せなのです」

# 2章

# 変わった人　変わらぬ人

師走《しわす》に入ってすぐに初雪が降り、御所全体がうっすらと白銀におおわれた。常緑の松や橘の枝葉が雪を抱き、壺庭《つぼにわ》の地面をおおった処女雪に山茶花《さざんか》の緋色《ひいろ》の花弁が散っているさまなど、一晩かけて様変わりした積雪の庭の美しさに、目覚めたばかりの人々は目を奪われていた。

さて、それから半刻《はんこく》余り。

「うう、寒いっ……」

火桶《ひおけ》を抱え、簀子《すのこ》で荇子《こうこ》は身を震わせた。格子《こうし》を上げたときはうっとりと見惚《みと》れた景色も、仕事をはじめればそんな余裕もない。手がかじかんで内侍所《ないしどころ》での書字がしにくいから、暖房を追加しようと運んでいる最中である。

氷の唐衣《からぎぬ》は白の袷《あわせ》。表着《うわぎ》は老緑《おいみどり》でとうぜん綿入りだ。この装いに火桶を準備した女孺《にょうじゅ》が「今日の松のようですね」と目を細めた。そのときはちょっと得意な気持ちになったものだ。

内侍所の妻戸《つまど》はあんのじょう閉ざされている。格子もそうだが、この寒気の中で開け放すはずがない。雪景色を見たいのなら、本人が外に出ろという話なのだ。火桶で手がふさがっているので、戸の内側にむかって声をかける。

「ごめん、開けてちょうだい」

ほどなくして妻戸が開く。顔を見せたのは弁内侍《べんのないし》だった。今日詰めているのは彼女と加《か》賀《が》内侍だから、こんな雑な依頼も気楽にできる。如子《ゆきこ》だとかしこまるし、長橋局《ながはしのつぼね》は別の意味でかしこまる。

「ああ、ありがとう。助かるわ。今日はとてもひとつじゃ足りないわね」

荇子が中に入ると、弁内侍はすぐに妻戸を閉めた。寒気を少しでも中に入れたくないという思いがひしひしと伝わってくる。

火桶を適当な位置に置き、荇子は自分の文机《ふづくえ》の前に座る。格子を下ろしているので室内は薄暗いが、火桶や炭櫃《すびつ》が良い照明になっている。

筆を取り、頭の中で整理していた文を記しだす。

──年明けに行われる御斎会《ごさいえ》に、新しい仏像を奉納するように。

帝《みかど》の思《おぼ》し召しを確実に、そして言い方は悪いが子供でも理解できるような簡単な文章で記さなければならないのだが、これがあんがいに難しい。宮仕えをしていると、かしこまった文章ばかりを手掛けるからだ。しかも荇子は子供と接することがほぼないから、彼らが理解できる程度がぴんとこない。

(まあ、相手は子供じゃないけど)

だから幼稚にしすぎても非礼になるのだ。ああでもない、こうでもないと悩み、反故紙《ほごがみ》に色々と書き散らしたあげく、半日がかりでなんとか考えがまとまった。

それを陸奥紙《みちのくにかみ》に書きだし、荇子は筆を置いた。

「終わった」

左手で右肩をもみほぐしていると、加賀内侍が「ごくろうさま」と声をかけてくる。浅い色の二藍《ふたあい》の唐衣に、紫の薄様《うすよう》の五《いつ》つ衣《ぎぬ》の彩が洗練されている。荇子は苦笑を浮かべつつ答えた。

「文章自体は、むしろ普段の奉書《ほうしょ》より簡単なのですが」

「でも慣れないものを書くことは、気を遣うわよ。放ち書きなんて、小さい子供がいなければそう書くこともないしね」

「でも驚いたわよね。まさか三《さん》の宮《みや》様がそんなにお元気だったなんて」

弁内侍が口にした名に、荇子と加賀内侍は目をみあわせる。

先々帝の三の宮は、同母兄の二の宮と同じ赤疱瘡《あかもがさ》（麻疹《はしか》）に罹患《りかん》して、彼もまた後遺症が残った。

その情報だけで、兄と同じ身体状況なのだと誤って伝わってしまっていた。寝たきりとなってから何年も御所で世話をされていた二の宮の場合、疑う余地はない。彼の厳しい状況は、幾人もの古参の女房達が目にしている。

しかし三の宮にかんしては、罹患してほどなくして御所を離れたから詳しい状況はあまり伝わっていなかった。ただ一切音沙汰《おとさた》を聞かなかったので、やはり兄と同じか、あるいは二の宮の件があまりにも衝撃的すぎて人々の記憶がごちゃまぜになってしまって、とにかく世間に出られるような状態ではないのだろうと誰もが思いこんでいた。

「でも遠信《えんしん》はどうやって、三の宮さまに技を教えたのかしら」

「しゃべることも聞くことも適《かな》わないということなのにね」

素朴《そぼく》な弁内侍の疑問に、遠慮《えんりょ》がちに加賀内侍が言う。荇子もどう答えてよいのか分からず、記したばかりの奉書に視線を落とす。

竜胆宮《りんどうのみや》から献上された執金剛神像《しっこんごうしん》を手掛けたのは、長らく音沙汰がなかった三の宮である。なかなか衝撃的なこの報告を三条大納言《さんじょうのだいなごん》から聞いたとき、さすがに帝もつかの間、あ然としていた。

『三の宮は手も足も適わぬのではなかったのか？』

そうだと荇子も聞いていた。二の宮がその状態である。手も足も適わぬどころか、言葉を発することも、人と目をあわせることすらできない。口許に粥《かゆ》を持っていけば、まるで本能のように飲みこみはするけれど、うめき声すら発さない。ときおりむせて咳《せき》をするぐらいだった。幾人もの女房達が目にしているからまちがいない。

『私もそう伝え聞いておりましたが、三の宮さまのほうは、御身は問題なく動くとのことです』

身体《からだ》というところを少し強調したあと、三条大納言はいったん口をつぐむ。

『――けれど聞こえがまったく適わぬため、しゃべることはもちろん読み書きもほとんどできないとのことでございます』

生まれつき、ないしはごく幼少時に失聴した者は言葉を覚えることが困難となる。同時に文字が持つ意味を音声で学ぶことができないから、読み書きの習得も厳しい。よって筆談も適わなくなってくる。教育はおろか躾《しつけ》も困難な状態なので、他人との意思の疎通《そつう》も適わぬまま孤独に年を経るだけの者も少なくない。

三の宮の場合、不幸中の幸いだったのは、五歳の発病以前にしごく簡単な平仮名《ひらがな》――それも放ち書き程度の初歩的なものだが――を理解していたことだ。それで最低限のやりとりだけは可能だったので、人からの世話も受けられるし、長じたいまとなっては身の回りのこともできる。

だとしても師匠《ししょう》からの言葉を聞くこともできず、かつ教本を読むことも困難な状態で、いかようにして技術を習得したものなのか甚《はなは》だ不思議である。しかし仏師としての彼の技量は、目の前の執金剛神像が証明している。

南院《なんいん》家所生の、しかも長らく疎遠《そえん》にしている相手とはいえ異母弟ではある。しかも想像とはだいぶん状態がちがうようだ。さすがに気にした帝は、遠信のもとに遣いをよこして詳細を尋ねさせた。

そこで三の宮が遠信の指導のもと、いくつもの優れた仏像を作りあげていたことが世間に明らかになったのだった。遠信の工房からということですでに奉納が決まっている御斎会の像も、ひとつは三の宮が手掛けている最中だという。

親王宣下も受けていない身とはいえ、帝の御子の作品をこのまま一介の弟子のものとして世に出すことはさすがに侮辱《ぶじょく》が過ぎる。そのような事情で後出しだが、三の宮への奉書を記すこととなったのだ。もちろん真名《まな》（漢字）による正式なものも出すが、それを当人は読むことはできない。いずれにしろ双方が荇子に委ねられたのだった。

真名の作文は、本来は女房の仕事ではない。けれど今回の帝の意向は、詔勅《しょうちょく》として外記《げき》が記すほど大袈裟《おおげさ》なものでもない。かといって仮名文字の女房奉書のみでは、三の宮の出生を考えれば不遜《ふそん》でもある。なんのかんの理由をつけて、荇子に真名と仮名の双方の奉書が任されたのだった。

荇子を征礼に次ぐ腹心に据えようという、帝の意志は伝わる。能筆家で、他の女人に比べて真名もよく書ける。しかも腹心の征礼《まさゆき》の、どうやら恋人らしい。女房はもちろん、公《く》卿《ぎょう》、殿上人《てんじょうびと》達も、帝が苻子を引き立てる理由として納得している。

その推測は当たっているのだが、重用の最大の理由は、征礼でさえ知りえない帝の最大の秘密を苻子がつかんでいるからだった。

とうぜんそんなことは、誰にも言うつもりはない。もちろん征礼にも。あれは苻子と帝の二人だけの秘密である。

加賀内侍は苻子が書き終えた、放ち書きの奉書を一瞥《いちべつ》する。

「先帝が早世なさったことが南院家凋落《ちょうらく》のきっかけだと思っていたけど、よくよく考えたら二の宮様の件からほころびはじめていたのかもしれないわね」

しみじみと加賀内侍は言うが、実は彼女も二の宮、三の宮はもちろん、母親の梅壺女御《うめつぼのにょうご》とも面識はないはずだった。三人が御所を去ったのは先帝が立坊《りつぼう》したころだから、十五年以上も前になる。

「それにしても御子が二人とも御身を患《わずら》われてしまうなんて、母親としては身を切られるような気持ちだったでしょうね」

らしくもなく神妙に弁内侍がつぶやいたので、苻子と加賀内侍も静かに相槌《あいづち》をうった。

麗景殿《れいけいでん》で管弦の宴《うたげ》が催される。

その報せを受けたのは、初雪の日から二日後のことだった。壺庭《つぼにわ》の雪はほぼ溶けていたが、前栽《せんざい》の根本や渡殿《わたどの》の下など陽の光が当たらぬところなどに僅《わず》かに灰色を帯びた残雪が見えた。

「どういう風のふきまわしよ」

麗景殿の女房・小大輔《こだゆう》から話を聞いた荇子は、あからさまに訝《いぶか》し気な顔をした。小大輔はもともと内裏女房《だいりにょうぼう》で、荇子とは親しい関係だった。台盤所《だいばんどころ》にむかう途中の渡殿で、この報せを持って同じく台盤所にむかっていた彼女と鉢合《はちあ》わせたのだった。

小大輔は涼し気な瓜実顔《うりざねがお》に苦笑を浮かべる。

「うん、実は女御様も思いっきり気乗りしていないのよ」

「でしょうね」

二十二歳の麗景殿女御は、一の大納言の大姫で右大臣《うだいじん》の孫娘という、生まれたときから入内《じゅだい》が決まっていたような身分の姫である。しかし彼女は物心ついたときから華やかなことに興味がなく、年頃になればわりと自然に芽生《めば》えてくる恋愛や結婚、そして母となることをまったく意識できなかった。入内をして寵《ちょう》を争い、皇子を産むことを宿命づけられた彼女の立場からすれば、できなかったというべきなのだ。

世間の価値観と自分の価値観の相違に疑問を抱きつつも、常識的な人間として人との争いを避けるべく育ってきた彼女は自分の意志を押し殺していた。人から嫌われることを恐れずに己の意志を貫きつづけるなど、如子ぐらいにしかできない芸当なのだ。

長月《ながつき》の唐物御覧《からものごらん》での騒動をきっかけに、荇子は麗景殿女御の個性に気づいた。そこから小大輔とうまく立ち回って混乱を収めたのだった。それ以降、麗景殿女御からわりと気に入られている。帝のお召を伝えに行ったときなど、表情に乏《とぼ》しい彼女にしては親し気に微笑《ほほえ》みかけ、ときには温かい言葉もかけてくれる。

ともかくそんなふうに万事が内省的な女人なので、管弦の宴のような派手な催しを主催するというのは驚きだった。

「御父上の大納言さまが、このために評判の伶人《れいじん》達を手配したのよ」

小大輔の言葉に合点《がてん》がいった。

主君から娘への寵愛を得るため、父親が画策、奔走《ほんそう》するのは後宮政治の基本である。入内以来ずっと他の妃達の陰に隠れていた形の麗景殿女御が（それは女御本人にとって喜ばしいことではあったのだが）、近頃は帝に気に入られて、おとないやお召が目に見えて増えている。

弘徽殿《こきでん》女御の父、左大臣《さだいじん》がやきもきしている様子を鼻で笑う一の大納言だが、ここで華やかな宴を催し、現在の後宮の主役が誰であるかを人々に知らしめたい。そのうえで立后《りっこう》へのはずみとなればと目論《もくろ》んだのだろう。

帝のほうも誘われれば断ることもできない。彼は自分からは動かないが、招待されれば内心はともあれ表面上は喜んで出向く。だから弘徽殿女御は自分が愛されていると信じて疑っていない。まこと罪作りである。

他に想う相手がいた先の藤壺《ふじつぼ》中宮と、そもそも恋愛に興味がない麗景殿女御は最初から帝の腹の内に気づいていたから冷ややかなものだった。

――そうやって考えたら、一番お気の毒な方だけど。

哀れには思うが、彼女のために憤慨《ふんがい》はしない。以前はどちらかというと好感を持っていた弘徽殿女御だが、唐錦騒動以降はどうも虫が好かなくなってしまった。まあ荇子から嫌われたところで、向こうは屁《へ》とも思わないだろうが。

それはともかく、この宴は盛大に催される予定らしい。公卿、殿上人達はもちろん、内裏女房達も自由に参加してよいとのことである。そのむねを伝えに、小大輔は台盤所にむかっていたのだった。

「弘徽殿の方々はどうするの？」

「もちろんお声がけはしたわよ。先々帝様のときのように、お妃が複数いらっしゃるのならしないけど、二人しかいない状況ではのけ者扱いをしているみたいになるでしょ」

「確かに」

荇子は相槌を打つ。帝を呼ぶだけの小さな宴なら、恋敵《こいがたき》でもあり政敵でもある別の妃など招待しない。けれど今回は殿上人に内裏女房達まで声をかけている大がかりな宴になりそうだ。そこで弘徽殿にだけ声をかけないというのも虐《いじ》めのようだ。他にも幾人か妃がいて、平等に声掛けをしないというのならよいのだろうが。

「ただ、弘徽殿側からは断られたわ」

「……そうなの？」

「どうも弟君のことで、あちらの女御様がそうとうに憔悴《しょうすい》されておられるみたい」

ああ、と荇子は納得する。帝も弘徽殿の態度を愚痴《ぐち》っていたが、たしかに宴に出席する心境ではないだろう。

「うちの女御様はほっとしておられたけどね」

ちょっと意地の悪い顔で声をひそめる小大輔に、荇子は肩をすくめる。

唐錦の件以降、二人の女御の間には微妙な緊張感が存在している。

そもそも同じ夫を持つ妃同士が仲睦《なかむつ》まじいなど、そのほうが気味悪い。しかしかつては藤壺と弘徽殿の対立ばかりが注目がされ、麗景殿は目立たないというより空気だった。だからこそ藤壺とも弘徽殿ともあたりさわりのない関係を築けていたのだ。

ところが藤壺が退き、中宮が空位となった。その間合いで左大臣側が、公《おおやけ》になっていないことも含めて、いくつか墓穴を掘った。ここぞとばかり麗景殿の父・一の大納言が張り切る中で、二人の女御が以前と同じ関係を築くことは難しくなった。体裁《ていさい》上しかたなく招待はしても、顔をあわせたくないというのが麗景殿側の本音だったのだろう。直嗣《なおつぐ》の負傷が理由なのでこんなふうに思うのもなんだが、弘徽殿が出席しないことは麗景殿女御にとって幸いだったにちがいない。

「わかったわ。内裏女房達には私が伝えておくわ」

「助かるわ。明日の戌《いぬ》の刻あたりにはじめるから」

荇子の提案を受け、小大輔は手をあわせる。そうして清涼殿《せいりようでん》に行かずに、来た道を引きかえしていった。


壺庭で焚《た》いた篝火《かがりび》が、伶人《れいじん》達を明るく照らしだしている。濃《こ》き縹《はなだ》に染めた揃いの狩衣《かりぎぬ》に身を包んだ彼らは、筵《むしろ》を敷いた上に腰を下ろしてそれぞれの楽器から優雅な音色を奏ではじめる。

階《きざはし》の上にある階隠《はしがくし》の間には、白の御引直衣《おひきのうし》を着けた帝が座っている。苻子はその傍《かたわ》らに控え、御簾《みす》を挟んだ母屋《もや》に麗景殿女御が座っている。夫婦が並んで座ることもあるが、今日は来客が多いことから、女御は御簾の内に下がった。苻子が帝の言葉を女御に伝える形にはなっているが、距離的に普通にしゃべれば聞こえる範囲である。実際、帝はときおり後ろをむいては直接話しかけている。たいして女御も直接答えるという塩梅《あんばい》だ。ちなみに彼女のかたわらには小大輔がついている。

御簾の間からのぞいた麗景殿女御の小袿《こうちぎ》は、襷《たすき》の地紋を織り出した蘇芳《すおう》の生地に白の唐花の上文を散らした二陪織物《ふたえおりもの》。白で揃えた五つ衣《いつつぎぬ》の袖口《そでぐち》から大きくのぞく単《ひとえ》は青磁《せいじ》色。反動から一時期毛嫌いしていた蘇芳色や二陪織物も、着こなし上手の小大輔の意見を取り入れて快《こころよ》く着こなしているという話である。

ひとしきり管弦を堪能《たんのう》したのち、公達《きんだち》の一人が朗々とした声で唱歌を紡《つむ》ぎはじめる。以前であればこういうとき真っ先に名乗りを上げるのは直嗣だったが、いないのだからどうにもならない。それに彼がいたところで、麗景殿での宴に嬉々として花を添えるかと訊かれればどうだろうと首を傾《かし》げる。

一人が歌い終わると、別の公達がつづく。ほろ酔いの公卿《くぎょう》も参加をし、手ずから琴や笛の演奏をはじめる者もいる。麗景殿は主のみならず、女房達も小大輔をのぞけば比較的年配の者が多くて地味な印象なのだが、今日はどこから連れてきたのか、見目のよい下仕《しもつかえ》や童女《わらわめ》が給仕に動いていて常より華やかな印象である。酔いで頬を染めた貴族の中には、鼻の下をのばして彼女達に視線を送る者もいる。宴はまちがいなく盛り上がっている。しかしなんとなく物足りないのは、直嗣がいないからだ。

奏者はそれぞれに秀でている。技術だけで言えば彼を上回る者も大勢いる。けれど誰も直嗣が持つ華やかさには敵《かな》わない。彼はそこにいるだけで場を華やがせる。そんな若者は他にいない。まさかこんな形で、彼に備わった圧倒的な華を突きつけられるとは荇子は思ってもいなかった。

なんとなくただようその空気に、事実上の主催者たる一の大納言は気づいているのか。気づいていたら、さぞ歯がゆい思いをしているだろう。

「――今宵《こよい》は、落ちついて良き宴なり」

句を詠《よ》むように帝が言った。なんだ、その間合いは。内心で荇子は動揺する。御簾のむこうで麗景殿女御が応じた。

「まことに、これぐらいのほうが落ちつきます」

帝は御簾の先に目をやり、ふっと口許をほころばせた。荇子は二人を見比べるが、それ以上この件について話す素振りはない。不思議な夫婦だとは思うが、藤壺や弘徽殿との関係よりずっと無理はない。

御簾奥の女房達の、得意げな空気が伝わる。小大輔《こだゆう》の他にも麗景殿付きの女房達が控えているのだが、寵愛《ちょうあい》という点で長年遅れを取ってきたと思っている彼女達には胸がすく気持ちであろう。

女御が焚きしめた黒方《くろほう》の香がふんわりと鼻をかすめる。落ちついた薫《かお》りがただよってきたのか、帝は目を細めた。

「良き宴を催してくれたことに、褒美《ほうび》をせねばならぬな」

冗談交じりに言ったあと「なにか望むものはあるか？」と問う。

「――父が率先したことでございますが」

御簾の奥で麗景殿女御の視線が動く。ちらりと目があった、ような気がした。

「では、江内侍《ごうのないし》を私の女房にいただけませんか」

予想外の要求に、苓子は目を円くする。一拍置いて小大輔が肩を震わせだした。笑っているのか怒っているのか、意図が分からない。

「それはだめだな」

あっさりと帝は答えた。

「この者は私にとって必要な女房だ。いなくなると非常に困る」

見栄も衒《てら》いもなく告げられた言葉にさすがに照れる。秘密を共有しているから、いいように使えるからとかいう捻《ひね》くれたこともちらりとは考えたが、さすがに嬉しいが勝る。

麗景殿女御は声を落として笑った。

「わかっておりました」

「すまぬな。なにか他のことにしてくれ」

「いえ、もとより冗談でございましたが、のちほど江内侍をお借りできませんか？」

匂《にお》わせるような物言いに、荇子は帝でも女御でもなく小大輔に目を向ける。すると彼女は御簾に顔を近づけ「心配ない」とでもいうように右手を左右に揺らした。


貸してほしいなどと、まるで書物か笛のように言われてなにごとかと身構えたが、目的は衣配《きぬくば》りであった。主人が年末に、一門の者や使用人に正月の晴れ着用として反物《たんもの》を授ける習わしである。

しかし荇子は麗景殿女御の身内ではないし仕えてもいないから、本来であればなにももらう謂《いわ》れはない。だというのに女御は、艶《あで》やかな錦を下賜《かし》しようとしてきたのだ。

「いただけません」

折敷《おしき》に載せたふたつの反物を前に、苻子は固辞する。なにしろ秋口にも綾地綾《あやじあや》の衣を二領《りよう》もらったばかりである。既成概念に凝り固《こ》まった麗景殿の女房達の考えを変えた苻子への感謝の念のみならず、これを機に自分の好みではない彩の衣を手放してしまいたいという、女御の目論見《もくろみ》があったことは明確だったが。

「そもそもこちらの錦は、私がまとえるものではございません。二陪織物は中臈《ちゆうろう》には禁色《きんじき》でございますので」

御所にかかわる者であれば、童女にも周知のことだ。百歩譲って女御がそれを知らずとも、小大輔をはじめとしたここの女房達はまちがいなく知っている。つまりこの錦は衣配りではなく、禄《ろく》として渡すために準備されたものなのだ。

好みではない華やかな衣を、女御が持て余していることは知っている。それを下賜するのだから、現実として大きな負担ではないのだろう。しかし麗景殿の女房達との兼ね合いがある。自分達の主が、部外者である苻子ばかりを優遇する姿を目の当《ま》たりにしては、彼女達も面白くないはずだ。

「これをいただくべき者は内裏女房《だいりにようぼう》の私ではなく、女御様の周りにいくらでもいらっしゃいましょう」

「それは気にしないで。私達はすでに頂いているのよ」

善意だろうがよけいな口を挟んできた小大輔を一瞥《いちべつ》し、冷めた声で荇子は問う。

「どんな絹を？」

「え？　私は白と蘇芳の文綾《もんあや》を賜《たまわ》ったわ」

「梅のかさねね。似合いそうだわ」

文綾は有文の綾織物のことである。高価な絹にはちがいないが、いま荇子の目の前に置かれている二陪織物に比べれば格はだいぶ落ちる。禄のつもりであっても、麗景殿の女房達を前にこの扱いの差はよろしくない。荇子は小大輔から女御にと視線を動かした。

「こちらの絹は、私にはあまりにも分不相応な品でございますので」

「別にいま着ずとも構わぬのでは？」

女御が檜扇《ひおうぎ》の内側から発した言葉の意味が、荇子はすぐには分からなかった。

「え？」

「減るものでもあるまいし、いつかあなたがそれをまとえる日がくるかもしれませんよ」

荇子は目を見張った。含みが多そうな言葉をすぐに咀嚼《そしゃく》ができない。

答えを求めるようにまじまじと見つめるが、檜扇の上からのぞく女御の目はあいかわらず感情に乏《とぼ》しくて、思惑を図ることはできなかった。

疑問を残したまま妥協《だきょう》をすることに、不安は残る。他の女房達の反発も気になる。けれど女御という高貴な立場の方からの申し出を、これ以上固辞することはできない。観念した苻子は、錦にといざりよった。

「お言葉に甘えて」

折敷を自分のほうに引き寄せると、それまで殿舎内にただよっていた張り詰めた空気がすっと緩んだことを感じて苻子は目を瞬かせる。小大輔以外の女房達は、さぞや憤慨《ふんがい》すると思っていたのだが――。

「受け取っていただけて、よろしゅうございました」

「老婆心《ろうばしん》ですが、かような場合にあまりご遠慮《えんりょ》なさると、かえってこじれてしまいますわよ」

「まあ、それも江内侍の真面目《まじめ》なお人柄ゆえでございましょうが」

麗景殿の女房達の口から出る言葉は、どれもかれも苻子の想像とはだいぶちがっていた。なにがどうなっているのかと目を白黒させていると、ふとある女房の言葉が耳に飛び込んできた。

「それにいまの江内侍であれば、高貴な方との御縁も夢でございませんでしょう」

自分でも驚くほどに気持ちが冷えた。彼女達が征礼との仲を知っているのかどうかは定かではない。

「なんと申しましても、帝の信頼厚き方ですもの」

「首尾よく幸い人《さいわびと》となりましたら、そのときこの錦を小袿《こうちぎ》に仕立てれば良いのですよ」

小袿は女主しか着ることを許されない、高貴な女人の為の略礼装だ。

小大輔をのぞく麗景殿の女房達の盛り上がりに、荇子はすっかりしらけてしまう。勝手なことを言うな。私は定年まで宮仕えをつづけるつもりでいるのだ。女人の幸福やあるべき姿を決めつけて、知らぬうちに麗景殿女御を苦しめていたあなた達には理解できぬ選択であろうが、自分の米と衣は自分で稼《かせ》ぐというのが、宮仕えをはじめた当初からの荇子の信条なのだ。そもそも帝との取り持ちを期待して言い寄ってくる男など、最初からごめんこうむる。

無意識のうちに表情を硬くする荇子に、小大輔が申し訳なさそうな顔をしている。

「うちの女御様への主上《おかみ》の御寵愛が深まったのは、江内侍のおかげですものね」

上機嫌な女房の言葉は予想外のものだった。驚く荇子の前で、別の女房が相槌《あいづち》をうちつつ言う。

「これからも、どうぞよしなに御取り計らいくださいね」

荇子は曖昧《あいまい》に反応したあと、手許の反物に目をやる。どうやら妙な誤解をされているようだ。これは受け取ってよいものだったのか……かといっていまさら『やっぱりいりません』とも言えない。

「余計なことを申すでない」

低いながら、やけに響く声で女御が言った。自己主張はけして強くないが、言うべきときははっきりと言う。実にこの女人らしい声音《こわね》だった。

「この錦を渡すのは、江内侍のこれまでの善意に対する私の気持ちです。これから先のことを求める為ではありません」

がやがやと騒いでいた女房達がしゅんと押し黙った。荇子はその貫禄《かんろく》に少しうっとりした。どうせなにを言っても無駄な人達だと、自分の女房達に反論することを諦めていた女御がこれは実に見事な変わりようである。

もとより女御は、内省的なだけで芯は強い女人であった。彼女がその貫録を表に出せるようになったのは、ときめいているからだとみなは思っているだろう。それはちがう。いままとう蘇芳《すおう》色の小袿のおかげである。自らが望んだ衣をまとえることで、女御はその個性を貫く自信を持てるようになったのだ。

——江内侍を私の女房にいただけませんか。

宴《うたげ》の最中の、帝への要求がよみがえる。会話の流れでの冗談だとは分かっているが、ちょっと魅力的な話だったかもと考えたあと、すぐにはねつけた帝の即答を思い出す。そういえば、あのとき帝はどんな顔をしていたのだろう？　色々な感情が湧き上がって少しばかり平静を失っていたので、はっきりと認識していない。

けれどあの即答と、それにつづいた言葉は嬉しかった。ちょっと癪《しゃく》に障《さわ》るけど、やっぱり自分の主はあの御方がよいのだと、天子に対してとんでもなく不遜《ふそん》なことを荇子は考えたのだった。


如子から呼ばれたのは、その翌日だった。

内侍所で処務をしていると、台盤所《だいばんどころ》にいたはずの彼女が戻ってきた。如子は妻戸《つまど》を開けたまま、荇子にこちらに来るように言った。その表情は硬い。不穏な気配に、荇子はもちろん一緒にいた一の掌侍《ないしのじょう》の顔も緊張したものになる。

荇子は身をすくめて妻戸をくぐる。如子はとっくに簀子《すのこ》に出ていた。中紫の唐衣《からぎぬ》と紅梅色の表着《うわぎ》の上に、艶《つや》のある黒髪が流れ落ちているさまが美しい。冷ややかな美貌《びぼう》ゆえに感情が分かりにくい如子だが、半年以上の付き合いになるから気色はなんとなく分かる。あまりよろしくない。いや、はっきりと不機嫌である。自分がなにをやらかしたものか？　内心でひやひやしながら近づいてゆく。

「あの、典侍《ないしのすけ》……」

「麗景殿女御様から、禄を賜ったでしょう」

ずばりと指摘されて、荇子は一瞬押し黙る。ちょっと気まずい顔で「すみません」と頭を下げると、如子は嘆息した。

「別に違反ではないのよ」

思ったよりも穏やかに如子は言った。

「ただ私の耳にも入っているということは、ある程度の範囲には広まっていると考えたほうがいいわ。それが主上と女御様の関係と関連付けて、よこしまな探りを入れる者も少なからず出てくる。そうなると面倒な立場になるのはあなたよ」

「……はい」

返す言葉もなかった。比較的内側にいる麗景殿の女房達でさえ、荇子の働きを誤解していた。まして外にいる者からでは――どんな誤解を受けているか、考えただけでうんざりする。

しかし自分が迂闊《うかつ》だったことは百も承知だが、昨日の今日のできごとがなぜそんな瞬く間に広まったのか。荇子は一言も漏《も》らしていないし、年長者が多い麗景殿の女房達がそんなことを他所《よそ》にべらべらしゃべるとも思えない。

「私は命婦《みょうぶ》から聞いたのよ。彼女達は雑仕女《ぞうしめ》の噂話《うわさばなし》で知ったらしいわ。あなたが麗景殿を出たところを見ていたのでしょうね」

愚痴《ぐち》めいて疑問を口にした荇子に、さらりと如子は答えた。そもそも宴席で荇子が女御に呼ばれた現場は、けっこうな人が目にしている。そのあとの行動を見張られていたということはないだろうが、折敷《おしき》を持って出てきた荇子に、とやかく憶測を飛ばされても不思議ではない。

「女御様と親しくすることは反対しないわ。ただ平等であるべき内裏女房《だいりにょうぼう》として一定の線引きは必要よ。それと物を受け取ることは、いまのあなたの立場を考えれば遠慮したほうがいい」

「……はい」

「納得したのならいいわ。話はこれで終わり。さ、仕事に戻ってちょうだい」

過ちを素直に認めた荇子に、如子は苦言にかんして寸前の余韻《よいん》も残さない。

圧倒的な美貌と容赦《ようしゃ》のない追及で、特に若い女官などには誤解されやすいが、如子ほど効率的な説教をする人を荇子は知らない。叱責《しっせき》する相手が自分の何が悪かったのかを理解したうえで非を認めれば、そこであっさりと話を切り上げる。ただしあとの擁護《ようご》や励《はげ》ましもないので、人によっては落ち込むようだが、荇子はそのあたりは求めていないので気にならない。

荇子が見送る中、踵《きびす》を返した如子の動きが止まる。なにごとかと思って如子の背中越しに目をむけると、むこうからひとりの女房が歩いてきていた。

見慣れた顔ではないが、知っていた。弘徽殿の女房だ。春先に雀《すずめ》の件で如子にやりこめられ、大人なのに泣かされてしまったあの女房である。あのときは樺桜《かばざくら》の二陪織物《ふたえおりもの》の唐衣をつけていたが、冬の日の今日は椿《つばき》の唐衣をつけている。蘇芳に赤を合わせた華やかな彩のかさねである。

上臈《じょうろう》は如子に気づくなり、ひるんで足を止める。経緯を考えればとうぜんだ。本来であれば今日の如子は内侍所にはいない予定だった。たまたま台盤所から来たところで鉢合《はちあ》わせるのだから、この女房もずいぶんと不運である。

気まずい顔をする上臈はすっかり及び腰だ。気の毒なと思いつつ如子のようすをうかがうと、彼女はなんの衝撃も受けていない顔をしている。ただ自分に対してやたら挙動不審の女房の態度に怪訝《けげん》な顔をしているだけだった。

(ひょっとして、覚えていない?)

如子の性質を考えればありうる話だ。泣かせたことを覚えていないのか、上臈の顔を覚えていないのかは不明だが。

「内侍所になにか御用ですか？」

荇子は尋ねた。この中では一番身分の低い自分が、まず応対をすべきであった。如子の存在におびえつつも、上臈は威厳を保つように胸を張る。

「江内侍に用向きがあって参りました」

「私？」

きょとんとする荇子の傍で、如子が眉《まゆ》をひそめる。上臈は落ち着かないようすで如子から顔を背けた。穏やかならぬ気配に、不安と憂鬱《ゆううつ》が夏の黒雲のような勢いで湧き上がる。

「なんでしょうか？」

「当方の女御様が、弟君・頭中将《とうのちゅうじょう》様の件でお礼を言いたいと思《おぼ》し召しでございます。是非とも当殿にお越し願えませんか」

色々と突っ込みどころのある要求に、荇子は軽く混乱する。そもそもが直嗣の件で礼を言われる謂《いわ》れがない。迷惑、あるいは不快な思いをさせられた詫びなら分かるが。

「礼をいただくほどのことは、なにもいたしておりません」

「右衛《うえ》、いえ、元右衛門権佐《うえもんのごんのすけ》との騒ぎのときにお世話になったではありませんか」

それも現場に居合わせただけで、なにもしていない。医師の要請ぐらいはしたかもしれないが、あの場で中心となって事態を収束させたのは直嗣が連れていた陣官達である。ちなみに明泰《あきやす》は殿上人《てんじょうびと》の資格を失っただけではなく、右衛門権佐の官職も罷免《ひめん》された。それゆえの元、である。

「私はなにもしておりません。さようなお気遣いは無用でございます」

「そのように仰《おお》せにならず、なにとぞお越しください。麗景殿にはしばしお伺《うかが》いなされておられるのでしょう。ならば当殿にも来ていただかなくては不平等ですわ」

そりゃあ麗景殿には友人の小大輔《こだゆう》がいるから、と返したかったが、おそらくそういうことではないのだろう。如子の反応を気にしつつも食い下がる上臈の狙いは、なんなとく分かった。

帝と麗景殿女御の仲を取り持ったのは荇子である。弘徽殿の者達がその噂を鵜呑《うの》みにしているのなら、なんとかして荇子を引き込もうとするだろう。それはまったくの事実無根だから、さて、どうしたものかと荇子は思案する。先刻の如子の注意や忠告を素直に受け取るのなら、ここは断るべきだろう。しかし麗景殿の招待には応じておいて、その翌日の弘徽殿は断るという行為を周りはどう受け止めるだろう。

不平等ですわ、という上臈の言い分は的外《まとはず》れでもないのだ。

荇子は如子のようすをうかがう。訝《いぶか》し気な面持《おもも》ちで上臈を眺めている。言い負かせて泣かせた相手だということは、たぶん思いだしていない。それどころか、どこかで見たことがというより、なにを言っているのだこいつはという顔をしている。

「わかりました。そこまで仰せいただくのでしたら」

荇子の言葉に如子は怒った様子は見せなかった。不平等という上臈の発言には、荇子と同じことを思ったのだろう。でなければ謝罪から舌の根も乾かぬうちのこの返答に激怒しているはずだ。

上臈は安堵《あんど》に顔を輝かせた。

「ですが仕事の途中ですので、すぐにお暇──」

「よろしゅうございました。ささ、では参りましょう」

言い終わらないうちにがしっと手首をつかまれる。翻意《ほんい》されたところで逃がすものかという勢いである。半ば引きずられるようにして足を進め、荇子はちらりと如子を見る。ご愁傷様《しゅうしょうさま》と言わんばかりの顔で肩をすくめていた。荇子の真意を分かってくれているだろうとは思ったが、ひとまずほっとした。

上臈の後について渡殿《わたどの》を進み、弘徽殿に入る。春先の雀の騒動から何度か訪ねたが、いつ来てもきらびやかな殿舎である。空薫物《そらだきもの》がただよう室内には、艶《あで》やかな衣をつけた若い女房達がひしめいている。虫襖《むしあお》に椿、雪の下等の冬のかさね。今様《いまよう》色に蘇芳香《すおうこう》等の四季を問わない通年のかさねも多岐にわたる。比較する必要がないことは承知の上で、この華やかさは麗景殿にはないものだと改めて思う。

案内された廂《ひさし》の間から御座所《ござしょ》を見ると、脇息《きょうそく》にもたれた弘徽殿女御がいた。こんなふうに間近に見たのは例の唐錦騒動以来だと思うが、あのときは御簾《みす》からのぞき見たぐらいだったから、正面に座るのはそれこそ春の雀騒動以来ではないか。そのときと変わらず華やかで可愛《かわい》らしい女人である。萌葱《あお》色の文綾に朱紱《しゅふつ》の糸で蝶を織り出した二陪織物の小袿《こうちぎ》。五《いつ》つ衣《ぎぬ》は山吹《やまぶき》の匂《におい》。朽葉《くちば》色を上衣から次第に薄くしてゆき黄色に至らせ、青の単《ひとえ》をのぞかせるかさねである。

「よく来てくれましたね」

荇子が膝をつくなり、弘徽殿女御は親し気に声をかけた。彼女に荇子を警戒する気配はない。身分が高い側は無礼を働かれる心配がないから、目下の者に躊躇《ちゅうちょ》なく話しかけられるが、逆はそういうわけにもいかない。荇子は気を引き締めた。どんなに気さくにふるまわれても、その人となりをしっかり把握するまで心を開くことはできない。

「江内侍。お召しにより参上いたしました」

「どうぞ楽になさって」

「そうそう。麗景殿と同じように考えてくださってよいのよ」

などと女房達は言うが、無理に決まっている。そもそも麗景殿とちがって、弘徽殿には小大輔のような友人もいない。ここの女房達の印象といえば、藤壺の女房達ときいきいやりあっていたことしかない。その彼女達が別の集団のようにへりくだっているから本当に気味が悪くて、荇子はいますぐにでも退散する術《すべ》を考えてしまう。

「弟の件では世話をかけましたね」

「遣いの方にも申しあげましたが、私はなにもいたしておりません」

弘徽殿女御の慰労に、荇子は即答した。女御は虚をつかれたようにぽかんとする。

そんなことだろうと思っていた。直嗣の件で礼を言いたいなど、こじつけに決まっている。どう言い含められたのかは知らないが、少なくとも弘徽殿女御は世話になったなどと思っていない。世話をしていないのだから、それでとうぜんだ。なんとかして荇子を呼び寄せようと、女房達が入れ知恵したのだろう。そして誘いにのった段階で、荇子が女房達の言葉を素直に受け入れたと誤解されたのかもしれない。

あんのじょう女房が、わざとらしく朗《ほが》らかな声をあげる。

「御謙遜《ごけんそん》を申されるなど、江内侍はまことにおくゆかしいお人柄でございますこと」

誉め言葉のつもりだろうが、しらけた。事なかれとは言われても、おくゆかしいなどと称されたことは一度もない。ただただ厄介《やっかい》ごとに巻き込まれたくないという理由から無難に過ごしてきた宮仕えも、もはやどうにもならない深みにはまってしまっているから、最近では色々と大胆《だいたん》かつ強気にも出ることがある。

「刃傷沙汰《にんじょうざた》の現場に居合わせて、それだけでもずいぶんお心が沈んだことでしょうに」

「おかまいなく。それに怪我《けが》をなされた頭中将の御身《おんみ》を思えば、さように気弱なことも申せません」

荇子にそのつもりはなかったが、きっぱりと告げた言葉は、ともすれば弘徽殿女御への皮肉となってしまうものだった。弟が怪我をしたという話を聞いただけで、彼女は宴《うたげ》を欠席するほど憔悴《しょうすい》してしまった。そのあと女御がどう動いたのかは知らないが、直嗣の間近で治療をした者、彼のために祈禱《きとう》を依頼した者のことを考えれば「なにもしていない人間が、なにを一丁前に落ちこんでいるのか」という反発を荇子は抑えられない。

もちろん女御も立場上、こういう場合に積極的に動くこともできないだろう。幸か不幸か彼女を囲む女房達も含めて、弘徽殿の中に荇子のいまの発言を嫌みととらえた者はいないようで「まこと内裏女房《だいりにょうぼう》の方は、かようなときには気丈でございますね」「さすが、主上の腹心」などとおべっかを口にしている。

「私共ももっと早く礼をお伝えしたかったのですが、なかなか会う機会もないものですから、結局御足労いただくことになってしまいました」

「麗景殿でお会いできればよかったのですが……お誘いいただけませんでしたので」

女房の言葉に荇子は訝し気な顔をする。愚痴《ぐち》とも批難ともつかぬ物言いだったが、麗景殿から聞いた話とちがう。ひょっとして、なにか行き違ってしまっていたのか？

「麗景殿の方々は、お誘いをしたけれどこちらが辞退なされたと仰せでしたが」

「それは、そうですが……こちらとしてはあのような不祥事《ふしょうじ》がございましたので、なかなかそのような晴れ晴れしい場所には行きにくくて、ですから最初は断るべきかと……ですが帝とあちらの女御様だけでは均衡を欠くというものですから、もう一度お誘いいただければ参加をしようと考えておりました」

「は？」

ぐちぐちと不平を述べる女房に、荇子は異物でも見ているような気持ちになった。本気でこんなことを考えているのなら、高慢にもほどがある。自分のために他人が気を遣うことがあたりまえだと思っているのか――いや、正確には自分の女主人のためにというべきだが。

荇子は御座所の女御に目をむける。たたんだ檜扇《ひおうぎ》の先端を左の掌《てのひら》に置き、悲し気な面持ちを浮かべている。最初は女房のあまりの身勝手な言いようを悲観しているのかと思ったが、それなら立場上咎《とが》める。

（ひょっとして、同意しているの？）

まさか、と苻子はひるんだ。だとしたら驚愕《きょうがく》の厚かましさだ。しかも本人にその自覚がなさそうなのが怖い。

苻子が黙っているのをいいことに、女房達は理不尽かつ虫のよい愚痴をだらだらと訴えつづけている。

「もう少し気を利《き》かせていただいても、ねえ」

「私達が参加をしたほうが、あちらにも利はあると思うのですよ」

「こう申してはなんですけど、麗景殿側の女房達はご年配の方ばかりですし、宴を華やいだものにするには私共が参加をしたほうが見栄えはよいでしょうに」

不愉快極まりなかったが、彼女達の無礼を咎める度胸はなかった。苻子は如子とは立場も性格もちがう。しかしこのあまりにも身勝手な言い分を耐えて聞きつづけることは、かなり不愉快である。なんとかして早々に退散する術はないかと、いらいらしながらも策略を練《ね》る。

「おしゃべりは、そのあたりにしておきなさい」

ようやく女御が、女房の勝手な言い分を止めた。遅いと思ったが、もしも彼女が同じ考えなら積極的に止めるはずもない。

「麗景殿の御方からお誘いいただいたこと自体は、私としては嬉しかったのです」

女御の殊勝《しゅしょう》な物言いに、荇子は気を取り戻した。内裏女房として特定の妃に肩入れするのもよくないが、同じく反発を強めるのもよろしくない。

「それでしたら遠慮《えんりょ》などなさらず、参加をなさればよろしかったのでは」

「ですが私は、あの方が怖くて」

頰に手を添える女御の言葉を、荇子は黙って聞いた。

分からぬでもない。唐物御覧《からものごらん》のさいに麗景殿女御に錦を贈ろうとした弘徽殿女御だったが、かなり強い態度で退けられてしまった。あれは傍で聞いていた荇子でさえ気の毒に思うほどだったし、あのときの弘徽殿女御が涙ぐんでいたのもしかたがない。

だが、そのいっぽうで反発もある。

そう思うのなら、宴に参加したいなどと望まなければよい。まして強く誘ってくれなかったことを不満に述べるなど、あまりにも虫が良すぎる。これは女房の発言だが、止めなかった段階で女御も似た考えなのだろう。

「麗景殿女御様は怖い方ではありません。聡明で、話の通じる御方ですよ」

「また、そのように庇《かば》いだてなど。女御様が真心を込めて選んだ錦を、あのようにすげなく拒絶された方なのに」

女房が声をあげた。そもそも前提として、こちらが真心を込めたのだから、とうぜん受け入れるべきだと相手に求めることがまちがっている。正直あのときの麗景殿女御の態度はよくなかったが、苻子は優しい人だとは一言も言っていない。

弘徽殿女御は、自分の女房を称賛するような目で見つめている。苻子はひどく冷ややかな気持ちになった。

あなたの幸福のためだけに、他人は動かない。

弘徽殿の女房達が女御のために動くのは、主の繁栄《はんえい》が自分達の幸せにつながるからだ。二人の間に友情がないのなら、麗景殿女御が弘徽殿女御のために働く理由はない。

麗景殿女御の気持ちは想像でしかないが、弘徽殿女御にはまちがいなくない。彼女にとっての他人とは、自分のために尽くしてくれる存在だからだ。

「あなたの愚痴《ぐち》を聞かせるために、江内侍を呼んだわけではないでしょう」

母屋《もや》から声がして、松がさねの唐衣《からぎぬ》をつけた女房がいざり出てきた。彼女は折敷《おしき》程度の大きさの脚付きの台を苻子の前に置いた。台上に置かれていたのは、掌より少し大きい青磁《せいじ》の壺《つぼ》と瑠璃《るり》製の杯《つき》。おそらくは香壺である。一抹《いちまつ》の不安と嫌悪が胸に兆《きざ》す。

「どうぞお納めください」

「いただけません」

苻子は即答した。

「先刻申し上げましたが、私は頭中将《とうのちゅうじょう》のためになにもいたしておりません」

「ですから、そのような御謙遜を──」

そう言ったのは、内侍所まで迎えに来た椿《つばき》かさねの上臈《じょうろう》だった。荇子は彼女に冷ややかな目をむけ「内府典侍《ないふのすけ》に叱責《しっせき》されます」と答えた。如子の名に彼女の顔が引きつる。

「仕事がありますので、失礼します」

そう言って荇子は立ち上がった──はずだったが、片膝立ちになったところで身体《からだ》の動きを阻《はば》まれる。香壺を運んできた松がさねの女房が、裳裾《もすそ》を床に押さえつけていた。唐衣裳をつけた女人のものとは思えぬ乱暴な行為に、怒りよりも不安が上回る。その感情を抑え、荇子はきっと女房をにらみつけた。

「お離しください」

「不平等ですわ」

恨みがましい目で女房は言う。同じ言葉を椿かさねの上臈からも聞いた。

ふと、弘徽殿の女房達の視線が自分に集中していることに気づく。彼女達の誰も、同僚のこの暴挙を止めようとしない。それどころか咎めるような眼差《まなざ》しを荇子にむけている。

大袈裟《おおげさ》ではなく孤立無援という熟語が頭に浮かんだ。

不穏な空気に、荇子は御座所《ござしょ》を見る。弘徽殿女御は変わらず悲し気な表情を浮かべていた。なぜそんな顔になるのか？　自分の女房の行為が彼女の意図であるのなら、もっと堂々とするべきだろう。逆に無道な真似《まね》をしていると分かっているのなら、彼女は止めるべき立場にあるのに。けれど弘徽殿女御は途中からずっと悲し気な顔をしているだけで、女房達の無体にかかわろうとしない。得体の知れぬ不気味さを忍び、苻子は裳裾を押さえたままの女房に視線を戻す。

「そう申されたので、平等を保つためにこちらにうかがったのではありませぬか」

「でしたら麗景殿と同じように、主上との関係を取り持ってくださいませ」

「こちらの殿舎にも、お越しいただくようお願いしてください」

女房の反撃と要求に、苻子は眉《まゆ》をよせる。やはり、そんな誤解を受けていたのか。麗景殿の女房達でさえ、そう思っているのだからとうぜんと言えばとうぜんだが。

唐錦騒動で、苻子は策略の一環として帝に麗景殿を訪ねてもらった。けれど傍《はた》から見れば、帝が好んで麗景殿を訪ねたようにしか映らない。これはしかたがないし、弘徽殿側を不安にさせることは覚悟していた。

問題はそのあとだ。せいぜい二、三回程度ではあるが、帝は自分の意志で麗景殿を訪ねているのだ。しかしこちらの行動にかんして、苻子は一切かかわっていない。

「こちらの女御様が、訪《おとな》いをお望みということはお伝えしましょう」

女房達の顔に安堵《あんど》の色がさしたところで、ここぞとばかりに突き放すように言った。

「けれど主上にお気持ちを翻意《ほんい》していただくような、そんな力は私にはありません」

なかなか強烈な当てつけだと、われながら思う。帝の中に、自分から弘徽殿を訪れるという選択肢はないと匂《にお》わせているのだから。

松がさねの女房は裳を押さえたまま目をぱちくりさせ、それからああとうなずいた。

「これでは足りませんか？」

かっと頭に血がのぼる。考えるより早く手が動き、荇子は裳を中ほどから巻き上げるようにして、力ずくで引っ張った。少しの抵抗を感じたあと、びりっと音をたてて裳が破れた。思いがけない事態に女房はびくりと手を離す。その隙《すき》を逃さず、荇子は脱兎《だっと》の勢いで弘徽殿を飛び出した。


内侍司《ないしのつかさ》所属の女房が弘徽殿の女房達から乱暴を受けたとなれば、とうぜん如子は黙っていなかった。尚侍《ないしのかみ》不在の後宮においての典侍《ないしのすけ》は、命婦《みょうぶ》、女蔵人《にょくろうど》等も含めたすべての女官を束ねる立場にある。それゆえ詳細を調べ、場合によっては抗議をするのは彼女の義務なのだが——。

「ですから、ちょっと一息おいてください」

いまにも弘徽殿に乗り込もうとする如子を、荇子は懸命に宥《なだ》めた。

「一息もふた息もおいているわ。でも明日まで息をついたところで、抗議をしなければならないことは明白でしょ」

冷ややかに如子は言った。この様子を崩さぬまま息巻けるのは、ある意味で器用な人である。こうなることが分かっていたから、如子に報せることは間を置きたかった。黙っているという選択肢はなかったが、考えを整理したかったのだ。

しかし破れた裳で走っていれば、とうぜん人目につく。梨壺《なしつぼ》にある自分の局《つぼね》に行く前に内裏女房《だいりにょうぼう》達に見つかり、内侍所に連れ込まれて事情説明をさせられたのである。

「もちろん、私もこのまま泣き寝入りをするつもりはありませんが……」

「そうね。これは逆になにも言わない方がまずいと思うわよ」

口を挟んだ弁内侍《べんのないし》は荇子と並んで座り、裳の破れを縫《ぬ》ってくれている。自分で縫うとなれば一度裳を外さなくてはならない。そうなると着付けのすべてが崩れてしまう。唐衣裳装束は唐衣より下の内着のすべて、つまり表着《うわぎ》から単《ひとえ》にいたるまでの衣を裳の小腰《こごし》(細い帯のような紐)だけで束ねて着付けているからだ。

よって裳を着装したまま、弁内侍が繕《つくろ》ってくれているのである。裳は幅の細い布を横につないで仕立てるもので、今回はその縫い目の部分から縦に裂けた。縫い糸だけが切れたのならきれいに縫い直せるが、力ずくで引いてしまったので布も裂けている。きれいに直すのは難しいかもと弁内侍は言ったが、とりあえず体裁《ていさい》だけ整えてくれればと答えた。

「こんな狼藉《ろうぜき》を働かれてなにも言わないでいたら、表現は悪いけど今後もなめてかかられてしまうわ」

弁内侍の主張はもっともだ。これは荇子個人の問題ではない。内侍司、ひいては内裏女房からさらに下位の者にいたる、すべての女官の面子《めんつ》の問題である。

「分かっているわ」

短い言葉で弁内侍に答えると、荇子はふたたび如子《かし》にむきなおった。

「弘徽殿に抗議をしていただく前に、麗景殿から下賜された錦を返したいのです」

そもそも荇子が錦を受け取らなければ、袖《そで》の下と誤解されることもなかったのだ。抗議をするのなら身の回りをきれいにしておきたい。

「一度受け取ったものを返すなんて、麗景殿側は面子をつぶされることにならない？」

「それは愉快ではないでしょう。けれど麗景殿女御様であれば、話せば分かってくださると思います」

荇子の返答に、如子は口許を皮肉っぽくゆがめた。なぜ？　と思ったあと、自分の発言が弘徽殿女御へのけっこうな当てこすりになっていることに気がついた。

「あ、弘徽殿への他意はないです」

一応弁明すると、ちょうど玉留めを終えた弁内侍がぷっと噴き出した。

本音を言えば、当てこすりになったところで、どうであろうだ。

先程の渦中《かちゅう》での印象からして、弘徽殿女御はたぶん話が通じない。

唐錦騒動のときにちらりと抱いた、彼女が持つ無意識の選民意識への疑念はほぼ確信となった。あの場で彼女が横暴な発言をしたわけではなかった。けれど女房達が自分のために荇子にあれほど無体を働いているのに、女主として止めようともしなかった。春先に雀騒動が起きたときは、藤壺中宮に対して非を認め、生き物の死を哀れむ優しい女人という印象だったのだが――。

（まあ、いまは状況がちがうしね）

あのときの弘徽殿女御は、妃としてなにもかも満ち足りていた。

権門の実家を持ち、後ろ盾はなんの不安もなかった。対して中宮はすっかり零落《れいらく》していたし、容姿も性格も地味な麗景殿女御にいたっては敵とも思っていなかっただろう。弘徽殿女御が先の中宮と麗景殿女御に対し、そうとは自覚もないまま見下していたであろうことは容易に想像できるし、それ自体はやむをえない部分もある。

ところが近頃では、麗景殿女御にやけに注目が集まっている。帝がこの変人の妃を面白がって、以前より頻繁《ひんぱん》に召すようになったからだ。女御の気質を考えればまあまあ迷惑と受け止めている節もあるのだが、それはさすがに帝には言えない。

とはいえ帝の弘徽殿女御への態度が特に変わったわけではない。変な言い方だが、消極的な寵愛《ちょうあい》は以前と変わらない。自分からはあまり動かないが、求められれば愛想よくふるまう。

入内《じゅだい》したときからの変わらぬ帝の自分への態度に、弘徽殿女御不安を抱くようになったのは、麗景殿女御の台頭（？）のためだ。そして帝の麗景殿女御への寵愛は、荇子が裏で糸を引いているゆえだと誤解している。そうでなければ、なぜあの方がという考えであろうか。麗景殿女御の魅力ゆえと考えない段階で、なにを言ったところで弘徽殿女御には分かってもらえないだろうと荇子は諦めていた。

「ですから、先に麗景殿で話を通しておきます」

荇子の希望に、如子は指先を顎先《あごさき》に添えてしばし沈思《ちんし》していた。やがてゆっくりと「わかったわ」と言った。沈思は考えを整理していたというより、すぐにでも文句を言いにいこうと猛《たけ》っていた自身の気持ちを抑えるための行動という印象だった。

「ありがとうございます。事の次第は必ず報告いたしますので」

そう言って苻子は立ち上がった。身体を反転させ、弁内侍に繕ってもらったばかりの裳を見下ろす。蝶の文様を摺《す》り置いたそれは、ぱっと見ただけでは、破れた箇所《かしょ》は目立たなかった。

「ありがとう。きれいに縫ってくれて」

「取り急ぎよ。あとで裁縫《さいほう》が得意な人に直してもらったほうがいいわ」

長年のつきあいの友人は、謙遜《けんそん》のつもりなのか顔の前でひらひらと手を振った。励《はげ》みにして、胸を張って内侍所を出る。梨壺の自分の局に戻ってから、下賜された錦を抱えて麗景殿にむかう。梨壺と麗景殿が近距離なのは、人目を考えるとありがたい。

簀子《すのこ》に出ていた雑仕《ぞうし》に取次を頼むと、少しして小大輔《こだゆう》が出てきた。彼女は苻子の顔を見るなり、開口一番に言った。

「大変だったみたいね」

騒動が起きてから一剋《いっこく》も過ぎていないというのに、弘徽殿の苻子への狼藉はすでに麗景殿にも伝わっていた。御所の情報伝達の速さに、あらためて苻子は震えた。しかも、いまひとつ正確ではないというのも御所らしい。

「怪我《けが》はしなかったの？　取っ組み合いの喧嘩《けんか》になったんですって」

「十歳を過ぎてから、人につかみかかったことはないわ」

「そうなのね、良かったわ。弘徽殿側の女房は髪が抜けたと聞いていたから、江内侍もずいぶんな武闘派になったものねと感心していたのよ」

どうしてそこまで尾ひれがつくのかと思うが、実際に目にしていないことを人々が無責任に語れば、矮小化《わいしょう》、ないしは大袈裟《おおげさ》になることは防げない。

小大輔の先導で御前に出る。御座所《ござしょ》に座る麗景殿女御は、縹《はなだ》色の文綾に紫の糸で唐花の上文を織り出した小袿《こうちぎ》をはおっている。彼女は荇子の姿に目をぱちくりさせる。あまり表情が動かないひとだから、そんな反応は珍しい。

「御心配をおかけしたやもしれませぬが、私は無事です」

「そうですか。ぼろぼろになったと聞いていたから、見舞いを寄越そうかと思っていました」

ちょっと拍子抜けしたように麗景殿女御は言った。そこまで大袈裟に広まっていたのなら、荇子が訪ねてきたことにはさぞ驚いただろう。

荇子はかいつまんで事情を話し、先日もらった錦を返上したいと伝えた。女御は別に怒らなかったが、釈然としないように首を傾《かし》げている。

「返したところで、意味はないと思いますよ」

あっさりと女御が言ったので、荇子は僅《わず》かに頬を膨らませる。

「弘徽殿の方々からの品を断る理由にはなります」

「ですがあちらの御方は、私と自分が対等にあるなどと夢にも思っていませんからね」

さらりと告げられた麗景殿女御の言葉に絶句する。多分そうだろうとは思うが、それを見下された側が平然と口にするのは驚きだ。

荇子は遠慮《えんりょ》がちに尋ねた。

「腹立たしくないのですか？」

「別に。だって、うらやましくないもの」

なるほどと荇子は納得した。同僚から恋人や家族の自慢を聞かされたときの荇子も、そんな気持ちになる。分不相応な高貴な恋人も子宝も欲しいと思ったことがないから、いくら自慢をされてもまったくぴんとこない。

心など籠めずとも口先だけで「うらやましい」「幸い人ね」とでも言ってやれば相手も満足するかもしれないが、あいにくそこまでして人間関係を築かなければならぬほど、八年目の内裏女房の立場は弱くない。へえ、ほう、ふぅんと適当に相槌《あいづち》を打ちつづければ、なにかがちがうと相手もそのうち諦める。微塵《みじん》の羨望《せんぼう》もないから、嫉妬《しっと》の感情もにじみでない。それでは自慢する側も話す甲斐《かい》がないだろう。面倒くさいとは思うが、とりたてて腹は立たない。荇子と同僚ほどの距離の近さはないだろうが、麗景殿女御の弘徽殿女御に対する感情はそんなところか。

「とは言っても、あの御方のことは嫌いですけどね」

これは清々しいほどはっきりと言ったものである。まあ、あうはずはなかろうとは思っていた。さりとて荇子としても、そうでしょうね、分かりますなどと同調するわけにもいかないのである。

それで荇子は話を本題に戻した。

「だとしても私が女御様から下賜いただいたこちらの錦を持っているかぎり、帝との関係を取り持ったと疑われつづけてしまいます。そうなればあちらの御方は自分達も同じようにと求めてきますので――」

「取り持ってあげたらよいのでは？」

思いがけない女御のひと言に荇子は目を剝《む》く。とうぜん控えている他の女房達がやいのやいのと言い出す。

「そのような、なぜそこまであちらに気遣わなくてはならぬのです」

「女御様はお優しすぎます」

「これまでさんざんこちらを蔑《ないがし》ろにしつづけたのですから、罰があたったのですよ」

女房達の抗議をひととおり聞き終えたあと、女御は小大輔以外の女房にいったん席を外すように命じた。ということは唐錦関連の騒動に触れるのかと思った。

女房達が奥に下がったあと、女御は荇子と小大輔を間近に呼び寄せた。小大輔に促されて母屋《もや》に上がると、自身の秘密を知る二人の女房を前に、麗景殿女御はわざとらしい溜息をついた。

「主上の足が弘徽殿の御方から遠ざかると、私が困るのです」

「はい⁉」

荇子と小大輔は同時に声をあげた。

「きっと主上も困るでしょう」

「なにゆえだ？」

廂《ひさし》側から聞こえた覚えのある声に、まさかの思いで下長押《しもなげし》から身を乗り出す。うわっと声をあげそうになった。

帝がいた。

その後ろには如子がついていたが、素知らぬ顔で格子《こうし》のほうを眺めている。何事かと荇子の後ろから身を乗り出した小大輔も目を円くした。しかしそこは敏腕女房らしく、御座所の女御のもとにより素早く耳打ちをする。他の女房を呼ぶかどうかは、わざわざ人払いをした女御が判断すべきことだ。

女御は特に慌てたようすもなく、小大輔に茵《しとね》を持ってくるように言った。その間に自分の御座所を帝に譲った。帝が腰を下ろした間合いで、小大輔が新しい茵を持ってきたので女御はそこに座った。

母屋には帝と女御。荇子と小大輔、そして帝につくような形で如子が上がっていた。

「私が困るとは、どういうことだ?」

「その前に、とつぜんお越しになられた理由をお聞かせくださいませ」

迷惑な顔はしていなかったが、それを訊くのは女御の権利であろう。すると如子が「江内侍の様子を見に来たのですよ」と答えた。

「え、私?」

「あなたが怪我をしたと噂《うわさ》になっていたでしょう。裳《も》が破れただけだと申し上げたのだけれど、御自身でご確認なさりたいと仰《おお》せだったから、ご案内申し上げたのよ。でもどなたもいらっしゃらないから」

「ああ、申し訳ありません。これにはちょっと事情が——」

小大輔の弁明を聞き流しながら、荇子はぽかんとして帝の顔を見つめた。帝は荇子を一瞥《いちべつ》し「無事のようだな」と淡白に言った。相変わらずよく分からない人だと思ったが、こうなるとどうあっても放ってはおけない。

いつだったか征礼が口にした言葉を、荇子はあらためて痛感する。帝のことが、ときどき分からなくなる。けれど放っておけないと、征礼は言ったのだった。なるほど、こういうことだったのか。

帝はとうに、麗景殿女御に視線を移している。

「弘徽殿への足が遠ざかると、なぜ私が困るのだ？」

どこから聞いていたんだというういつもの疑問はさておき、別に帝は困らないだろう。そもそも遠のいていない。もともと妃を頻繁《ひんぱん》に呼ぶ方ではなかった。麗景殿女御へのお召が以前よりは増えたので、相対的に下がったようにみえるだけだ。

麗景殿女御は答えを探すよう、視線を空にただよわせる。

「身内の恥をさらすようで言うのは気が引けるのですが、私の父が最近だいぶのぼせあがっているのです」

帝は皮肉っぽく笑った。麗景殿女御の父親は一の大納言。弘徽殿女御の父・左大臣《さだいじん》と宮中での権勢を張り合っている。以前は左大臣に押され気味であったが、ここにきて勢いが増しはじめていた。左大臣側の自失と、娘女御への帝の関心が増したことが理由だ。

まあ、うかれるだろう。身分の高い年長者をこう評するのもなんだが、悪人ではないというだけで、もともと考えの浅い人物である。思慮深い女御の父親とも思えないが、そもそも子供の育成はおおむね母親と乳母《めのと》に委《ゆだ》ねられるから、よほどの人物でもないかぎり父親の影響は薄いというのが現実かもしれない。

「それで近頃は調子づいて、左大臣にもずいぶんと強気に出ているようなのです。ここで主上が弘徽殿から遠ざかっているなどと話にあがったりしては、ますますのぼせあがることでしょう。そうなるといくら左大臣もいつまでも堪えておられますまい。それでなくとも先日あのような刃傷沙汰《にんじょうざた》がおきたばかり。これ以上、火種を増やすことは主上のご本意ではございますまい」

女御の説明に、最初は皮肉気な笑顔を浮かべていた帝の表情がだんだん渋くなる。御所内でのどたばたは、帝も望むところではないだろう。

「なるほどな……」

「それと、これは私共の問題でございますが」

女御は切り出した。言葉だけを聞けば遠慮がちだが、物言いは腹に据えかねてといったほうがよかった気がする。

「弘徽殿の者達が事あるごとに、うちの女房に嫌みを言ったり挑発してくるのです。藤壺の方々とはちがい、うちの女房達は喧嘩《けんか》の耐性がありませんので、なかなかうまくかわし切れずに困っているのです」

「藤壺の方達もかわしてはいませんでしたよ」

間髪《かんはつ》を容《い》れずに荇子は口を挟んだ。

「いつもがっぷりと四つで、真っ向勝負をしていました」

そんな堂々としたものでもなかったが、どちらも引かなかったという点では間違っていない。ねえ、と同意を求めると、如子はとぼけた顔で「さあ」と首を傾《かし》げた。女房仲間から敬遠されていた彼女は諍《いさか》いに年中参戦していたわけではなかったが、最後に出てくるときの総大将感はすごかった。弘徽殿の女房の中には震えた者もいた気がする。

「そうでしたか？」

釈然としないように麗景殿女御は言った。両者の争いからは一歩引いていたから、荇子達内裏女房《だいりにようぼう》のように好奇心丸出しで高みの見物に参加したりしない。よって争いの内情もあまり詳しくない。

「藤壺の方々のことは存じませんが、とにかくうちの女房達の鬱屈《うつくつ》が溜まっていることは間違いありません。弘徽殿の御方がさめざめとわが身を嘆き、あちらの女房はまるで私が悪いようにうちの女房達を責めるそうです。ありていに申しあげれば、鬱陶《うつとう》しいのです」

「わかりますわ」

間髪を容れずに同意したのは如子だった。中臈《ちゆうろう》の荇子と小大輔《こだゆう》は、左大臣の姫君である弘徽殿女御をそこまで扱《こ》き下ろせない。

「藤壺での私怨《しえん》でこのような発言をしていると受け止められると困るのですが、弘徽殿の女房達はよくありません」

珍しく弁明くさいことを前振りにして、如子が批判する。

別にそんなことは思っていない。弘徽殿と諍いが起きたとき、如子はいつも倍か、時には三倍にして返していたのだから恨みなどとっくに晴らしているだろう。

「過保護ですね」

麗景殿女御の声は控えめだったが、端的に如子の不満を表した言葉だった。打てば響くような女御の反応に、如子は心持ち口許をほころばせてうなずく。

「ただの過保護であれば、私達がとやかく言う必要はありません。けれど現に女御様と江内侍に迷惑がかかっておりますから」

「──だから、私に弘徽殿を訪《おとな》えと？」

帝の問いに女御ははっきりとうなずいた。妃が夫に対し、別の妃のところに行くように促すなど物語の世界だけの話かと思っていたが、まさかこんな形で現実を見ようとは思ってもいなかった。

帝は気難しい表情で思案をする。気乗りしていないのは誰の目にも明らかだったが、麗景殿の言い分に納得したなら動かぬわけにもいかぬのだろう。

傷の癒《い》えた直嗣がふたたび参内《さんだい》をしたのは、それから数日後のことだった。

まずは帝に挨拶《あいさつ》をしたそうだが、そのときの状況を荇子は知らない。さすがにちょっと元気がないように見えたというのは、台盤所《だいばんどころ》に詰めていた伊勢命婦《いせみょうぶ》の感想だった。怪我そのものは軽症でも、特に公達《きんだち》にとって人から斬りつけられたという衝撃は容易に消えるものではなかろうから、精神的に不安定な状態が継続しても不思議ではない。なんせ話で聞いただけの弘徽殿女御が寝込むほどの騒動なのだから。現場を目《ま》の当たりにしても、翌日から平然と仕事をしていた自分との対比に荇子は失笑してしまう。

そんな直嗣の変化を荇子が認識したのは、彼の参内から二日後のことだった。

その日の朝、荇子は石灰壇《いしばいだん》の地炉《ちろ》の灰を回収していた。帝の勤めのひとつである伊勢神宮への毎朝の遥拝《ようはい》は、清涼殿の東南に設《しつら》えたこの場所で行われる。床を漆喰《しっくい》で固めた特別な一角では、この時季は暖を取るために火を焚《た》くのである。

塵箱《ちりばこ》を抱えて簀子《すのこ》に出たところで、南側から歩いてきた直嗣と鉢合《はちあ》わせた。

橡《つるばみ》の位袍《いほう》は身分相応なものであるが、以前は桜直衣《さくらのうし》姿が多かった。雑袍勅許《ざっぽうちょっきょ》は殿上人《てんじょうびと》以上の貴族の中でも特に家柄の良い者にのみ許される特権で、彼らの中には選民意識が過ぎたあげく、位袍での参内を恥ずかしがる者までいる始末だった。

その感覚が分からぬと呆《あき》れる荇子だが、ごく自然に桜直衣を身に着ける直嗣に反発を抱く者達の気持ちは分からぬでもない。ならば今日はどういう風の吹き回しで位袍を着ているのかとも思ったが、不祥事《ふしょうじ》からの復帰でまだ幾日も経っていない。この件にかんして直嗣は被害者だから彼が身を慎《つつし》む必要はないのだろうが、久しぶりの参内とあれば気持ち的には畏《かしこ》まるのだろう。

荇子は簀子の端により、直嗣のために道を開ける。

ゆるゆると近づいてきた直嗣がそのまま通り過ぎるかと思っていたのだが、困ったことに彼は荇子の前で足を止める。

「右衛門権佐《うえもんのごんのすけ》の件では、手間をかけたな」

同じことを弘徽殿の者達からも言われたが、あのとき否定したように荇子はなにもしていない。

「私はなにもしておりません」

「そうではなく——」

直嗣は言った。その物言いからは、かつてのようにむきになる印象が失せていた。荇子の気のない反応も理由かもしれないが、以前の直嗣は自分の主張と、その正当性を理解させようという圧がうっとうしかった。直嗣に対しては隙《すき》あれば逃げ出そうとしていた荇子だったが、今日はちょっと様子がちがうぞと気を留める。

「神事の最中での抜刀《ばっとう》はさすがに論外だが、私がもう少しうまく言えば、右衛門権佐をあそこまで興奮させなかったかもしれない」

ええ、そうですよ。あなたはとにかく無神経すぎました。とはいくらなんでも言えないが、直嗣の口から明泰に対する憤懣《ふんまん》ではなく反省の言葉が出たことに荇子は驚きを禁じ得ない。

「そうすれば、そなたも流血など目にせずにすんだ」

「お気になさらず」

荇子は言った。

「怪我をしたご当人以上の衝撃は、誰一人受けておりません。その中将がお元気だというのなら、なにもない私が消沈するのはおこがましいかと」

直嗣は少し複雑な顔をした。取りようによっては、お前のことなど心配していないとも誤解されかねないが、それは物言いや脈絡から大丈夫だと思う。

「――そなたはたくましいな」

しみじみと直嗣は言った。

「私のせいで、姉上はすっかりまいってしまわれていた」

前に同じ言葉を彼から言われたのなら、身分の低い者を軽んじているとしか受け止めなかった。実際に当時の直嗣にはそういう気持ちがあったと思う。彼らの選民意識に嫌悪はあっても腹は立たない。なぜなら、うらやましくないからだ。だから荇子は、いつも直嗣のことを、腹の中でせせら笑っていた。

けれど、いまの直嗣の物言いは以前とは少しちがっていた。

相手をむかむかさせる、にじみでる選民意識がなりをひそめていた。あるいは荇子の発言を、姉の弘徽殿女御をあてこすったと誤解したのかもしれない。いまはそのつもりはなかったが、それ以前にそんなことを思っていたから、潜在意識が伝わったのではと言われれば否定もできない。

「弟君の元気な御姿に、女御様も安堵《あんど》なされたでしょう」

「そなたが主上に、姉上のもとに渡るよう願い出てくれたのであろう」

荇子はたちまちしかめ面《づら》になった。

麗景殿女御の進言を受けたあと、帝は弘徽殿に渡った。そのときは如子ではなく荇子がついていった。如子の提案である。自分が弘徽殿に行けば、あちらの女房達にいらぬ反発と動揺を与えるからという理由だった。聞いたときは、よく分かっていらっしゃると思ったものだった。

弘徽殿が歓喜したまではよかったのだが、どうやらこれが荇子の進言によるものと解釈されてしまったのが面倒だった。

確かに弘徽殿の者達に対して、訪いを待ち望んでいることを伝えるとは言った。けれどあの場を逃れるためにああ言うしかなかったし、期待はするなと釘は刺した。実際に帝を動かしたのは、荇子ではなく麗景殿女御だ。

だが、誰がそれを信じる。それ以前に言えるわけがない。

もしも帝が「麗景殿に促されて来た」などと弘徽殿で口走ったらどうしようかと思ったが、さすがにそこまで無神経ではなかった。そしてこのときのお付きが荇子だったこともあり、弘徽殿では自分達の依頼が功を奏したという風潮になってしまっているのだ。荇子から言わせれば、あんな行為は脅迫と紙一重《かみひとえ》だから絶対にきいてやるものかと思っていたのに。

「それは誤解です」

荇子は言った。

「私はなにも申しておりません。御訪いはただただ主上の御心でございます」

直嗣はあからさまに疑わし気な顔をした。もしも彼が、いま鏡で自分の顔を見ることができたのなら、さぞ複雑な気持ちになるだろう。自分の姉を帝が訪ねたことに、こんな疑念混じりの表情を浮かべているのだから。

これ以上とやかく問われては、ぼろが出てしまうかもしれない。うっかり麗景殿女御の件など口走っては大事である。

「それでは、仕事がございますので」

荇子は一礼してその場を離れた。直嗣が追いかけてこなかったことに安心した。

塵箱を渡そうと、簀子を進みながら女嬬《にょうじゅ》を探すが見当たらない。いつもは誰かしら見かけるのだがしかたがない。諦めて荇子はいったん中に入って母屋《もや》をよぎった。西側には台盤所や湯殿もあるので誰かつかまるだろう。

最初からこちらに出ておけばよかった。そうしたら直嗣と顔をあわせることもなかったのに、などとちらりと考えはしたが、彼の印象が少しだが良い方に変わっていたので、以前ほどの嫌悪がなかったことは確かだった。

彼は明泰への自分の態度を反省していた。憐憫《れんびん》の情、あるいは上から目線の正論をかまさなかった。これまでの彼の言動を思い返せば、信じがたい謙虚さである。もちろん落ちこみから一時的に神妙になっているだけかもしれないが、だとしても明泰から刃をむけられたことが、直嗣の考えにどのような影響を及ぼしたのかは興味があった。

簀子に出たところで、台盤所の前で複数の女房が連なっているのを発見する。

その中で振り返った手前の女房は、伊勢命婦だった。彼女は苻子を目に留めると、まるで追い払うようにあわてて手を動かした。

何事かと首を傾《かし》げたとき、伊勢命婦を押しのけるようにして躍り出てきたのは弘徽殿の女房だった。忘れようもない、裳《も》を押さえつけたあの女房だ。おそらく、顔を見ればいま一番腹が立つ相手である。裳を破られたこともだが、なによりも袖《そで》の下で動く人間だと思われていたことも腹立たしい。

だというのに彼女は、まるで旧来の友人に対するように愛想よく微笑《ほほえ》みかけてくる。どういう神経だ。裳の件にかんしては如子を通して抗議をしてもらったはずなのに、なぜこんな悪びれない顔ができるのか。

「ああ、江内侍。お探ししておりましたのよ」

伊勢命婦が止めるのも聞かず、女房は苻子の傍に走り寄ってきた。踵《きびす》を返して逃げ出したかったが、そんなことをしては侮《あなど》られるとその場に踏ん張った。

「先日は申し訳ありませんでした。よりによって大切な裳を損じてしまいました」

「その件にかんしては貴殿からお詫びをいただきましたので、お気遣いなく」

素っ気なく荇子は答えたが、女房は気にしたふうもない。如子のように相手をひるませるほどの冷ややかなふるまいは、残念ながら荇子にはできない。

「それではこちらの気がすみませんので、新しい裳を準備いたしました。いくつか取り揃えてございますので、当殿にお越しいただいてお好きなものをお選びください」

「参りません」

きっぱりと荇子は言った。もちろん新しい裳をもらうつもりもない。損傷したものを弁償してもらうことは筋が通っているが、この件にかんしては自分への戒《いまし》めで勉強料として損をしたままでいたいのだ。

取り付く島もない荇子の態度に、さすがに女房はむっとした顔をする。だがすぐに表情を取り繕《つくろ》い、猫なで声で語りかける。

「まあ、あいかわらず奥床《おくゆか》しい方でございますこと」

その言葉に、後ろで様子を見ていた伊勢命婦が「はあ?」と声をあげる。まったく、あとでとっちめてやる。

「どうぞ遠慮《えんりょ》などなさらないでください。江内侍のご厚意で主上にお越し願えたのですから、いくら感謝をしても足りませぬ」

直嗣も同じことを言っていたから、おそらく弘徽殿ではそれが事実とされてしまったのだろう。勧めたのは麗景殿女御だと声を大にして言いたかったが、そんなことをすればあちらに大迷惑がかかる。帝を多少煩《わずら》わせたところで気にならないが、麗景殿女御を巻きこみたくはない。内裏女房《だいりにょうぼう》としてどうかと思う心構えだが、これまで苓子がかけられた迷惑に比べれば、これぐらいの意趣返しは許されると勝手に確信している。

「遠慮などではなく、まことになにもいたしておりません。主上にお越し願えたのは、ひとえに女御様への御寵愛《ごちょうあい》かと――」

われながら白々しいし、これを帝が聞いたらどんな顔をするか。いまは東側の昼御座《ひるのおまし》にいるから、ここでのやりとりは細かく聞き取れないだろう。

この苓子の返しに、女房は複雑な顔をする。高慢な弘徽殿の女房達も、自分の主人への寵愛が近頃は微妙な感じになっていることは察しているだろう。そうやって考えると、苓子のいまの言葉はなかなかの皮肉にも受け取れる。

女房はごにょごにょと口許を動かし、不服気に言う。

「ですが麗景殿の御方には、取り持ちをしてさしあげたのでしょう。でもなければ、あのように取り立てたところもない方が、急に主上の目を惹《ひ》くなどありえませんでしょう」

八年の宮仕えの間、一、二位を争うくらいに腹が立った。けれどここで相手につかみかかるには、残念ながら苓子は経験と理性が勝りすぎた。五年前だったら、引っぱたいていたかもしれない。

女房の背後で不安げな顔をする伊勢命婦《みょうぶ》に目配せをすると、荇子は自分の被害ができるだけ少なくて済むように腰を引く。そうしてわざとらしく裾《すそ》を踏んだふりをして、塵箱《ちりばこ》の中身をぶちまけた。

薄鈍《うすにび》色の灰が霧のように飛散し、一瞬視界を奪われる。悲鳴をあげる女房に、荇子はわざとらしく「まあ、すみません」と声をあげる。せいぜい胸から下ぐらいまでと思っていたが、存外に被害が広がって女房は頭から灰をかぶっている。

ざまあ、である。

「ほんとうにごめんなさい。うっかり躓《つまず》いてしまって」

心にもない詫びの言葉を繰り返す荇子に、女房はひたすら呆然《ぼうぜん》としている。

伊勢命婦があわててかけよってくる。

「あらあら、大変」

などと言って女房の肩口のあたりをはたいてやっているが、その顔は必死で笑いをこらえている。まったく悪人である。そして、こういうときの重ね着の唐衣《からぎぬ》裳《も》装束はまことに厄介《やっかい》だ。

「らちがあかないわ。一度脱いではたいたほうが良いですよ。私共の局《つぼね》に参りましょう」

そう言って伊勢命婦は、壺庭《つぼにわ》を挟んで建つ後涼殿《こうろうでん》を指さした。この殿舎の東廂《ひがしひさし》は、内裏女房の局に当てられている。

「江内侍、すぐに女嬬を呼んできて。主上がお戻りあそばす前に、掃除をしておかないと」

「分かったわ。悪いけど、あとはよろしくお願いします」

そう言って荇子は、踵を返して簀子《すのこ》を走っていった。掃除の手間をかけた女嬬と伊勢命婦に、なにを礼に渡したらよいかと考えながら。

弘徽殿側からなにか苦情があると思っていたのだが、二日待っても反応はなかった。拍子抜けに加えて当てが外れた。

「当てが外れたって、なんだよそれは？」

荇子の不平に、征礼は首を傾げる。外はすっかり暗くなっていたが、炭櫃《すびつ》の火で明かりは事足りたので大殿油《おおとのあぶら》は灯していない。

仕事を終えて局で唐衣と裳を外したところで、征礼が尋ねてきた。表着《うわぎ》と五《いつ》つ衣《ぎぬ》だけとなった様相はほぼ重ね袿《うちき》と同じ構成で、くつろぐときの姿である。

征礼は荇子がばたついているときに訪ねてきたことはない。いつも身の回りのことを済ませて一息ついたところで訪ねてくる。偶然で意図したものではないと彼は言うが、だとしたらやはり相性は良いのだろうと思う。

「拍子抜けしたというのは分かるけど、当てってなにを当てにしていたんだ？」

「灰の件で文句を言われたら裳のことを言い返して、たがいに怨恨《えんこん》があるのなら、もう縁を切りましょうという方向に持っていけないかと考えていたのよ」

「甘いね」

茶化すように征礼は切り捨てた。荇子は頰を膨らませたが、彼の言うことは正しいのだろうと思った。弘徽殿の者達の中にまだ荇子に取り入ろうという気持ちがあるから、灰を引っかけられるというひどい目にあったのになにも言ってこないのだ。

「女房達だけじゃないぞ。公卿《くぎょう》連中の間にも、主上がお前の容態を見に、麗景殿まで足を運んだことは知れ渡っているから」

「──知っている」

自然と渋い顔になる。麗景殿の女房達も悪意があって広めたわけではない。むしろそれだけ荇子が信頼されているという、良い話を広げる善意だったのだ。けれどその結果、征礼を介してではなく、荇子自身が帝に及ぼす影響が取りざたされるようになった。

「今日も藤参議《とうのさんぎ》と源中納言《げんのちゅうなごん》につかまりそうになったわ」

不貞腐《ふてくさ》れて言い捨てた苻子に、征礼は額を押さえた。

出雲《いずも》神宝を調べてもらったときの内蔵頭《くらのかみ》のように、官吏《かんり》達に気を遣われることはかねてよりあった。立場上は帝と直接どうこうできるものではない彼らの目的は、むしろ征礼を気遣ってのものだった。冠位こそさほどでもないが、誰もが認める帝の腹心の征礼に良くしておいて損はない。苻子への厚意もその一環である。

だが公卿や殿上人《てんじょうびと》、そして妃の女房達の目的は少し違う。彼らは帝と直接のつながりを持つ者として、苻子に近づこうとしている。

短い間に、自分の立場が大きく変わったことを認めざるを得ない。

権力者の信頼を得て、女でありながら朝政や人事に大きな影響力を持つ。過去にも似た立場にあった内裏女房はいただろう。帝の乳母《めのと》など、その代表のような人達だ。彼女達の多くは帝の信頼を餌《えさ》に、公卿達との駆け引きでなんらかの利を得ていたにちがいない。

けれど苻子にそんな真似《まね》はできない。特に清廉《せいれん》だからではなく、露見すればたちまち帝の信頼を損なってしまうからだ。目先の欲にとらわれて特定の臣下に色をつけた結果、そんなことになっては本末転倒である。

「灰を引っかけても駄目なら、どうやって遠ざけたらいいものかしら」

ぼやく荇子に征礼は最初は苦笑するが、やがて少しばかり表情を引き締めた。

「距離をおこうとしてあまり強い態度に出るのも、無駄に敵を作ってしまうだけで悪手だぞ」

じゃあ、どうしろというのだ。無意識のうちに頰を膨らませる荇子に、征礼はさらに表情を引き締める。

「そんなことをすれば、俺達二人が主上を囲っていると誤解されかねない」

想像もしないひと言に、荇子は虚をつかれたようになる。

少しして思考が戻り、征礼が言った言葉の意味を考える。袖《そで》の下は論外だとしても、あまりにも頑《かたく》なな態度を取りつづければ、帝に他の者を近づけないためにそうしていると疑われてしまうかもしれない。なるほど、そういう方面の誤解も懸念《けねん》しなければならないのか。

「つまり懐《ふところ》には入り込ませずに、でも愛想よくはしないといけないのね」

「……面倒くさいけどな」

「でも、征礼はずっとそれをやってきたのでしょう」

「先の左大臣《さだいじん》が亡くなってからだから、せいぜい二年だよ」

確かに、先帝が亡くなるまで誰も今上《きんじょう》に即位の日が来るとは思っていなかった。そのあとも南院家の先の左大臣が幅を利《き》かせていたので、帝の腹心として征礼に注目が集まるようになったのは、ここ二年あまりのことだ。

そうやって考えると実は征礼も、自分のふるまいにまだ手探りの部分があるのかもしれない。あれこれ考えを巡らせていると、ふと目の前が暗くなった。見ると征礼が身体《からだ》を乗り出し、ぐいっと距離を詰めていた。炭火のほのかな明かりに照らされた彼の顔には、不安とも挑発ともつかぬ表情が浮かんでいる。

荇子はじっと征礼を見つめる。手探りの部分があるとしても、二年間ひたむきに頑張ってきたことへの自信が上回っている。だからこそこの間合いで、征礼は荇子に協力を求めたのかもしれない。自分の進むべき道と取るべき手段に確信が持てたから、一緒にいようと言ってくれたのだ。

荇子は火桶《ひおけ》に目を落とす。炭火は激しい焔《ほむら》こそ熾《おこ》しはしないが、ちりちりとじっと確実に燃えつづけている。

「できるか?」という征礼の問いに、荇子は「いまさら」と苦笑した。

「何年宮仕えをしていると思っているのよ」

その夜、帝が弘徽殿女御を召すと言ったので、荇子はそれを伝えに殿舎に出向いた。気は進まなかったが、当番だからしかたがない。詳細を知っている命婦が代わりを申し出てくれたが、いつまでも避けつづけることもできないからと言って遠慮《えんりょ》した。

篝火《かがりび》の爆《は》ぜる音を聞きながら、荇子は弘徽殿に向かう。前方に殿舎が見えてきた間合いで、妻戸《つまど》から雑仕《ぞうし》が出てきた。手に火種を持っているから、刻限を考えれば燈籠《とうろう》の火を灯しに行くところなのだろう。なんにせよ助かった。これで女房連中と顔をあわさずに伝達できる。

「ちょっと、待って」

去られてはならぬと、荇子は声をあげる。雑仕は素直に立ち止まった。いそいそと渡殿《わたどの》を進む。心持ち足取りが軽くなっていることを自覚する。

ところが簀子に上がったところでふたたび妻戸が開き、よりによって灰を引っかけたあの女房が出てきたのだ。思わず声をあげそうになった。もちろんむこうも驚いた顔をしている。

気まずい空気が流れる。灰の件は礼儀としてもう一度謝るべきかとも思ったが、彼女も荇子の裳《も》を破いている。主観だが、被害の程度は同じくらいだと思う。ここで荇子が謝罪をすれば、向こうもその件に触れざると得なくなり、たがいに蒸し返して謝罪を繰り返す形になってしまう。それはまあまあ面倒くさい。

いっぽう呼び止められた雑仕は、火種を持ったまま立ち尽くしている。

「ごめんなさい、もういいわ」

そう言って雑仕を追い払ったあと、荇子はあらためて女房に言った。

「今宵《こよい》、お召がございますので、御局《みつぼね》のほうに上がられてくださいませ」

御局とは上御局《うえのみつぼね》のことで、清涼殿の北側に置かれた妃の伺候所《しこうじょ》である。

警戒気味だった女房の顔が、瞬く間に輝く。

「承《うけたまわ》りました」

「では、私はこれで」

長居は無用とばかりに踵《きびす》を返そうとしたが、それより早く手を摑《つか》まれる。馴《な》れ馴《な》れしいという反発と、先日から感じていたこの女房の粘着質な要素に荇子は嫌悪を抱く。ところが彼女には通じていないのか、摑んだ手にもう片方の手も添えて「感謝いたします」とにこにこして礼を言う。

「礼を言われるようなことはなにひとつしておりません。こちらの女御様を、という主上の思《おぼ》し召しをお伝えしただけでございます」

あまり強い態度に出るなという征礼の助言を思い出し、なるべくきつい口調にならぬように努めた。とはいえ愛想よくするのもちがうので、そのあたりの匙《さじ》加減《かげん》は難しい。結局のところ抑揚《よくよう》のない小さな声での返答にしかならなかった。

「あいかわらず奥床《おくゆか》しい方ですね」

「あの、手を……」

女房はなかなか手を離さない。振り切れないこともなさそうだが、できるだけことを荒立てたくない。裳を破られて、灰を引っかけたという関係でいまさらの願いだが。

「なにもかも承知いたしております。女御様も相応のことは考えておられますので、のちほどあなたさまの局に遣いの者をよこしますね」

袖の下を持ってくると露骨に匂《にお》わせている。受け取らないことは前提だが、荇子がそれを求めているとされるのは、のちのことを考えると厄介《やっかい》である。ここはひとつ釘をさしておこうと思った。

「なにも必要はありません。今宵のお召は主上の女御様へのお気持ちの表れで、私どもは一切関与しておりませんから」

さすがに女房も押し黙る。それはそうだ。この荇子の言葉を否定すれば、口利《くちき》きがなければ帝が弘徽殿女御を召すわけがないと言っていることになる。彼女は戸惑うように口許をもごもごさせたあと、ひそめた声で言った。

「……ですが主上は、なかなか女御様をお召しになってくださいませんので」

「主上はそのような御方なのです。女人に対して淡白と申しますか……先の中宮さまにも麗景殿様にも、同じようにおふるまいでございましたでしょう」

その点で室町御息所《むろまちのみやすどころ》に対してはどうだったのか、苻子は知らない。けれど妃達に対する淡白さは、少なからず最愛の人の逝去《せいきょ》が影響しているように思う。

「そちらのお二方と、うちの女御様はちがいます」

女房が言った。

「先の中宮は、主上を冷遇していた南院家の姫君で――」

「そのあたりにしておけ」

傍《かたわ》らから声がした。見ると妻戸が開いており、奥に直嗣が立っていた。姉の殿舎に弟がいても不思議はないが、まあまあの修羅場《しゅらば》を見られたなと嫌な気持ちになる。

直嗣は妻戸をくぐりぬけて表に出てきた。その装束は、今日も橡《つるばみ》の袍《ほう》だった。

「手を離してやれ。江内侍が困っているだろう」

指摘されて、ようやく女房は手を離した。苻子はすぐにでも退散したかったが、このあと直嗣がなにを言うのかが不思議なほど気になった。以前であれば直嗣の発言など不快なだけだから、できるだけ聞きたくないと思っていたのに。

理由は分かっている。先日話をしたときの直嗣の印象が、以前とはだいぶ変わっていたからだ。自分に刃をむけた明泰を単純な正論で責めるのではなく、自省を交えながら彼の心の機微について語っていた。以前の直嗣であれば、あんな発言は考えられなかった。

荇子はそろそろと後退り、女房の手が届かない距離を取る。そうして直嗣の艶《つや》のある朱《しゅ》唇《しん》から語られる言葉に耳を澄ました。

「確かに先の中宮は南院家の姫だったが、主上からすればわが北院《ほくいん》家も含めた他家に、なんのわだかまりもないとお考えではないだろう」

予想外の言葉に荇子は目を見開く。これまでなにをどう言われても、直嗣がその現実に気づく気配はなかったのに。

直嗣の話を聞いた女房は、そのときの彼と同じように不服気な顔をする。

「ですが女御様は、主上になにも悪いことは——」

「悪いのは南院家で、非礼を働いたのは父や祖父で自分ではない——かもしれぬが、それは主上が私達にかける言葉であって、私達が判断することではない」

いったいなにが起こった？　これまでなにをどう匂わせても、石に灸《きゅう》をするようになんの反応もなかったのに、なぜこんな殊勝《しゅしょう》なことを口にするようになったのか。まともに考えればそれがとうぜんの考え方なのだが、これまでの言動との差異がありすぎて戸惑ってしまう。

傍観者《ぼうかんしゃ》など、虐《しいた》げられた側からすれば敵と同じ。激怒した明泰が吐いた言葉は、帝の心情を考えればこのうえなく正しかったと思う。明泰自身もそれに気づかなかったから、臆面もなく竜胆宮に助けを求めた。けれど手ひどく拒絶されて、ようやくその現実を理解した。

なるほど。明泰が竜胆宮の怒りに触れて自身の立場を思い知らされたように、直嗣も明泰に襲われたことで、自分の立場を学んだのかもしれない。その直前までまったく理解していなかったから、あの無神経な言葉を吐いて明泰の逆鱗《げきりん》に触れてしまったけれども。

女房は納得できない顔をしているが、かまわず直嗣は荇子のほうをむいた。

「手間をかけた。戻ってもらって大丈夫だ」

荇子はこくりとうなずくと、裳裾《もすそ》を引きながら帰路を進んだ。

渡殿の軒端《のきば》のむこうに、きらめく六連星が見える。この星々は宵の空に浮かぶから、まだ夜は長い。あの女房は荇子と直嗣の言葉を、弘徽殿女御に伝えるだろうか？　あるいは直嗣が自ら伝えるかもしれない。それを弘徽殿女御が理解できるか、あるいは納得できるかどうかは分からない。けれど彼女がよほど愚かでないかぎり、弟が変わったことには気づくだろうと思った。

色々なことが起きたが、帝が妃を召す頻度《ひんど》は結局は変わらない。

弘徽殿も麗景殿も、周りが不満を抱かない程度に呼んでいる。一時的に弘徽殿への頻度が下がっていたが、麗景殿に諫《いさ》められて心を入れ替えたようだった。

年末、年始と慌ただしく過ぎてゆき、ようやく落ち着きを取り戻した睦月《むつき》の御所を意外な人物が訪ねてきた。

今上の異母妹、先々帝の中宮腹の内親王・法額寺《ほうがくじ》の姫宮こと女一《おんないち》の宮《みや》である。

現状ではこの国で一番高貴な二十八歳のこの女人を、荇子は朝餉間《あさがれいのま》に案内した。

御座所《ござしょ》のはすむかいに置いた高麗縁《こうらいべり》の畳《たたみ》に座した北院家腹の内親王は、華やかさと愛らしさを兼ね備えた佳人《かじん》だった。尾長鳥《おながどり》の上文を織り出した二陪織物《ふたえおりもの》の唐衣《からぎぬ》は、白と薄青をかさねた柳の御衣。表着《うわぎ》は朱色で五《いつ》つ衣《ぎぬ》は紅の薄様《うすよう》。紅の上衣から次第に色を薄くして単《ひとえ》の白にいたる。

檜扇《ひおうぎ》の上からのぞく松の実形の大きな目は、黒目が勝って活気に満ちている。束になってうねる嵩《かさ》のある髪が、絹糸よりも黒い大蛇を思わせるのが彼女の個性かもしれない。なにせあの高慢な先の皇太后とも唯一対等にやりあっていたと評判の女人である。彼女付きの女房が簀子《すのこ》に控えていたので、案内を済ませた苻子は台盤所《だいばんどころ》から襖障子《ふすましょうじ》を少し開いて様子をうかがっていた。

やがて奥の襖障子がゆっくりと開き、昼御座《ひるのおまし》から戻ってきた帝が姿を見せた。白の御引直衣《おひきのうし》の裾をひるがえして茵《しとね》に腰を下ろす。

「久しいな」

「主上の姫宮の後の御事以来ですから、一年近くになりましょうか」

気丈な性格そのものに、はきはきと女一の宮は答えた。後の御事とは後のこと、で、この場合は追善《ついぜん》の法要である。七歳以下の子供の場合、親が喪《も》に服す必要はないのだが、帝はきっちりひと月、錫紵《しゃくじょ》（喪服）を着ていた。女一の宮が参列したのは、はっきりと覚えていないが、おそらく四十九日《しじゅうくにち》の法要だろう。

死後七日ごとに行われる後のことは、故人が極楽往生《ごくらくおうじょう》するための大切な儀式である。その中でも四十九日目の法要は特に重要とされている。死後に中有《ちゅうう》をさまよった魂も、この四十九日までに次の生が決まるとされているので、この日は特に盛大な法要を営み、故人の極楽往生を祈ってやらねばならぬのである。

「それほどになるか……」

帝は独りごちた。つまり娘の四十九日からも、すでに一年が過ぎようとしているのだ。

帝はしばしの沈思《ちんし》ののち、ぽつりと独りごちた。

「あの子は、きちんと成仏《じょうぶつ》しただろうか……」

「もとより七歳にならぬ子供は、神のものでございますゆえ」

女一の宮は言った。そう言われている。だから大人とちがって喪に服す必要がない。神のもとにお返しするだけだ。

「……そうだったな」

力なく同意したあと、帝はがらりと様子を変え「それで相談とは？」と訊いた。

今回の参内《さんだい》は、もちろんあらかじめ報せがあった。帝に対して前触れもなく押しかけて面会を求めるような無礼は、先の皇太后くらいしか働かない。

「本当はもっと早く参りたかったのですが、いかんせんこのひと月は喪に服しておりましたので」

どこかとぼけたような異母妹の物言いに、帝は不審な顔をする。両親はすでになく独身の女一の宮に、喪に服すべき身内がいたのは驚きだ。父方の親族は帝と共通だが、そんな話は聞かない。母方の縁者は北院家の者だが、左大臣《さだいじん》や直嗣、弘徽殿女御が喪に服した気配はない。

「誰が身罷《みまか》った？」

「二の宮です」

仏像の件で三の宮の話題が出ていなければ、すぐには誰だか分からなかっただろう。

この異母兄妹の異母弟。先々帝の妃が産んだ皇子は、五つにしてほぼ全身の機能を失って寝たきりとなったために人々の記憶からは消えてしまっていた。

疎遠《そえん》とはいえ、さすがに異母弟の死を知らされて帝は絶句していた。もちろん荇子も驚いたが、その中にはいままで無事だったのかという感情もあった。

しばし言葉を失っていた帝だが、気を取り直して尋ねる。

「あの子は、あれから少しはよくなっていたのか？」

「いいえ。なにもかもにおいて世話が必要で、言葉どころか喜怒哀楽すらよく分からぬ状態のままでありました」

抑揚《よくよう》のない異母妹の証言に、帝はふたたび黙りこむ。やがて絞り出すように言った。

「……そうか、よく耐えて生きたな」

「立派と申してよろしいでしょう。健《すこ》やかなときは、本当に腹立たしいだけで顔も見たくない弟でしたが」

ここにきてのなかなかの暴言に、荇子はあ然とする。死者の悪口をこんなに堂々という人間を他に知らない。如子はあれであんがい言わない。恨みに頓着《とんちゃく》しない彼女は、生きている敵からは一歩もひかぬが、死者に対してはあまり関心を払わぬのだった。

しかしまあ、さすが先の皇太后と対等にやりあったというだけはある。少しでも自分を善人に見せたいという見栄があるのなら、どれだけ恨みがあっても死者の悪口はなかなか言えない。

「確かに、高慢な子供ではあったな」

帝はふんっと鼻で笑った。二人の異母兄姉にこんな印象を与えるとは、健康なときの二の宮はどんな子供だったのだろう。権門の南院家を後ろ盾に持ち、発病前は立坊《りつぼう》が確実視されたから、そうとう甘やかされて育っていたのかもしれない。

「とはいえ一応異母弟ですから、私が葬儀をあげました。本来であれば母女御の里である南院家がすべきことですが、いまのあの家にそんな余裕はありませんので。縁を考えれば主上に上申しますのも躊躇《ためら》われまして、私が独断で差配いたしました」

言い方は散々だが、そこで担《にな》い手を買って出るのは情が深い人でなければできない。口だけはそれらしい同情の言葉を述べながら、なにひとつ動かない人間よりよほど信用できる。荇子はこの美しい内親王に好感を持った。

「それは大儀《たいぎ》であったな。知っていれば、なにか協力はできたのに」

「でしたら四十九日の法要の手配をお願いできませぬか」

あたかも言葉尻をとらえるように、女一の宮は言った。帝は虚をつかれたように目を瞬かせる。なるほど、参内の目的はそれか。書面で頼んでもよかったのだろうが、彼女の持つ圧を考えれば、直接願い出たほうが効果はありそうだ。

「確かに、それが平等だな」

帝は答えた。気乗りはしていないが、渋々というふうでもない口調だった。女一の宮も特に安堵《あんど》したふうもなく、とうぜん了承するだろうという反応だった。考えてみれば帝は叔父《おじ》にあたる北山《きたやま》の宮《みや》の三年忌《さんねんき》も引き受けてやったのだから、いくら印象が悪くても異母弟の四十九日を引き受けぬわけがない。

「わかった。四十九日は私が引き受けよう」

もちろん帝が参加をするということではなく、差配をする人間を手配するという意味である。帝の返答に女一の宮はうなずき、あらためてつづける。

「ならば九条《くじょう》にお住まいの女御には、そのむねを伝えます。ですが女御は二の宮が身罷ってからすっかり憔悴《しょうすい》しておりますので、邸内を取り仕切ることはとうてい適《かな》いません。あちらの女房達も長らく世間から遠ざかっていたものばかりなので、ものの分かる者を寄越してやってください」

事務的に畳《たた》みかけるが、なんのかんの言っても義理堅い人である。

女一の宮の求めに応じたあと、帝はなにか考えるように間を置く。そうしてやや遠慮《えんりょ》がちに切り出した。

「ところで三の宮は、いつからあのような立派な仏像を刻むようになったのだ？」

その問いの真意は、女一の宮にはすぐに伝わったようだった。

「御斉会《ごさいえ》への奉納をご覧になられたのですね」

「──見事な作品だった」

明日から催される御斎会にむけて、三の宮が手掛けた仏像が御所に届いた。鳥頭人身有翼《ちょうとうじんしんうよく》の迦楼羅《かるら》像は、高さが少年ほどもある大作だった。笛を吹く動きの繊細さと護法神の迫力のある表情に圧倒された。

先日の執金剛《しっこんごう》像もそうだったが、いまや仏師としての三の宮の評判は鰻登《うなぎのぼ》りである。特にあんな文面とはいえ、帝が正式な勅《ちょく》を下したものだから貴族達からの依頼が殺到していると評判だった。

「実は私も詳しくは聞けてはおりません。本人もあのような状態ですので、意志の疎通がなかなか難しいものですから」

女一の宮の証言に、そういえばそうだったと思いだした。放ち書きを記した立場でも失念してしまうほど、三の宮が手掛けた像は素晴らしかったのだ。

言葉のやりとりができない。難しい文の読み書きができない。それだけで普通は好んで指導しようとは思わない。それなのになぜ遠信は三の宮を見出したのか、普通に考えて謎である。そんな荇子の疑問に答えるように、女一の宮は言った。

「ですが遠信は宮の作品に触れたとき、この才能を無駄にしてはならぬと天命を与えられた気持ちになったと申しておりました」

# 3章

# 訶《か》梨《り》帝《てい》母《も》

東寺《とうじ》と西寺《さいじ》は、寺院建立《こんりゆう》が許されぬ平安京《へいあんきょう》の内に例外的に存在している寺である。遷都《せんと》後まもなく朱雀大路《すざくおおじ》を挟んで左右対称に建てられたそれぞれの寺院の五重塔は高々とそびえ建ち、いまでも京の町を見下ろしている。

この東寺と東京極大路《ひがしのきょうごくおおじ》の中ほどに、二町の敷地を有した先々帝の妃・梅壺女御《うめつぼのにょうご》の邸宅はあった。居住の場所からいまは九条《くじょう》女御と呼ばれる彼女のもとに、内裏《だいり》からの世話役として荇子《こうこ》と如子《ゆきこ》が出向いたのは、二《に》の宮《みや》の四十九日《しじゅうくにち》の数日前のことだった。

網代車《あじろぐるま》の揺れに身を任せ、荇子はむかいに座る如子のようすをうかがう。唐衣《からぎぬ》は香染《こうぞめ》の文綾。表着《うわぎ》は梔子《くちなし》色という、まるで尼《あま》のような彩だった。九条女御は如子の大叔母《おおおば》だから、身罷《みまか》った二の宮と如子は血縁になる。しかし喪《も》に服すほど近い関係ではない。故人への思いから規定以上に濃い喪服を着ることはままあるが、それは関係性があってのことで、面識もない如子には該当《がいとう》しない。

とはいえこれから訪ねる九条邸の住人達は喪に服している最中だから、訪問する側も二《ふた》陪織物《えおりもの》の唐衣はさすがに不適切である。なまじか同じ一族だから、そのあたりの匙加減《さじかげん》が難しそうだ。その点で荇子は完全な他人だから、自分が持つ衣の中で心喪《しんそう》の色としても使われる浅縹《あさはなだ》色をさくっと選んだ。心喪とは文字通り心の中で喪に服すことを意味し、具体的には服喪をする必要のない友人、知人等が喪に服することをいう。

ずっと南下していた牛車《ぎっしゃ》が大きく左に曲がりきったところで、荇子はちらりと物見に目をやる。季節的に閉ざしているので外は見えないがどのあたりかの見当はつく。

「そろそろ着きますね」

荇子の言葉に、如子は唐衣の襟元《えりもと》を整えつつ言った。

「それにしても女一《おんないち》の宮《みや》様は、ずいぶんと心が広い方よね」

「ですね」

異母弟・二の宮を、腹立たしくて顔も見たくない存在だったと女一の宮は酷評《こくひょう》した。その言葉の実情を知りたくて古参の女房達から話を聞いたのだが、共通して皆が口にしたことは、とにかく周りが甘やかしすぎていたというものだった。その結果、二の宮は五歳という年齢を考えても許容できないほど、身勝手で高慢な子供に育ってしまっていたという。今だからと前置いたうえで、引っぱたきたいと思ったことは一度や二度ではなかったと命婦《みょうぶ》が言うのだから、そうとうなものだったのだろう。

その二の宮より女一の宮はひとつ上。今上は三歳年長。なまじ年齢が近いだけに、子供同士でかなり不快な思いをさせられたらしい。高慢な子供という今上《きんじょう》の言葉も、そのときの状況に起因しているのだった。

そんな相手の葬儀をあげてやるのだから、女一の宮の度量は大したものだ。いくら異母姉とはいえ、北院《ほくいん》家腹の姫である彼女にその義理はない。葬儀を取り仕切るべきは南院《なんいん》家だが、現状を考えれば不可能だった。

北山《きたやま》の宮《みや》のときのように、遺族は帝《みかど》に助けを求めるべきだったのだろう。異母弟に対してよくは思っていなくても、頼まれれば立場上放っておくわけにはいかないからだ。

しかし母親の九条女御は憔悴《しょうすい》しきって、とても動ける状況ではなかった。遠信《えんしん》との縁で事情を知った女一の宮が、しかたなく手を差し伸べたのだという。撥《は》ねつけてもよかったし、帝に任せてもよかった。しかし彼女は自ら率先して葬儀を差配した。腹立たしくて顔も見たくなかったという異母弟の為に。

彼女のその話を聞いた如子は、法要のために自分が尽力したいと申し出たのだ。女一の宮にそこまで動いてもらったとあっては、同じ一門として自分がなにもしないのは寝覚めが悪い。

二人の女人からみた二の宮は、それぞれ異母弟と大叔母の息子だから、血縁上では女一の宮のほうが近い。しかし母方の実家が子を支援するのが習わしの世では、異母兄弟など場合によっては他人も同然である。同じ一門の出身である如子が、女一の宮に申し訳なく思うのは自然な感情だった。

その願いを受けて如子の派遣が決まり、そのあと荇子の同行が決まった。荇子も自ら願い出た。もちろん義侠心《ぎきょうしん》などではない。一時だけ御所から逃げ出したかっただけだ。

もろもろの件が積み重なり、近頃は各殿の女房のみならず貴族達からもまとわりつかれてすっかり辟易《へきえき》してしまっていたからだ。法事を逃げ場所として使うのは不謹慎《ふきんしん》だが、葬儀ではないから大目に見てほしい。

そのあたりの荇子の本音を、おそらく如子も帝も分かっていたのだろう。彼らは拍子抜けするほどあっさりと同行を承諾《しょうだく》した。昨年の秋、北山の宮の三年忌《さんねんき》の準備にかかわったので物慣れているというのも要因だった。それで今日から四十九日までの数日、九条邸に滞在して差配することが決まったのだ。

「典侍《ないしのすけ》は、九条のお邸《やしき》を訪ねるのははじめてですか？」

「ええ。元々は祖父の持ち物だったけど、内裏から離れていて不自由だからと、あまり使われていなかったのよね。それで庭の一部に遠信の工房を設《しつら》えたらしいわ。使っていない邸の手入れを条件にね。だから世間では遠信の工房としてのほうが名が通っているかもしれないわ」

それは初耳だった。如子の祖父が遠信を支援していた話は聞いていたが、それほど手厚くしてもらっていたのなら明泰《あきやす》の依頼も断れまい。

「そのおかげで九条女御様が入るときも、修繕の必要がなかったのよ」

「三の宮様と遠信の縁は、そこからですか？」

「おそらく、そうでしょうね。なんせ同じ敷地内だから。だとしても聾唖《ろうあ》の宮様を指導するなど、並大抵の苦労ではなかったでしょうけど」

三の宮の発病と先の皇太后の入内《じゆだい》を切っ掛けに、九条女御は御所を退いた。そのさいに兄（如子の祖父）から九条の邸を譲り受けたということだ。娘（先の皇太后）を入内させたことに、仲の良い妹への申し訳なさは感じていたのかもしれない。

そのあたりの経緯を聞けば九条女御は悲運の女人にちがいないとは思うが、病前の二の宮の傍若無人《ぼうじやくぶじん》ぶりを聞けば、母親として良い印象はない。

「九条女御さまと面識はあるのですか？」

苻子の問いに、如子はそれまできっちりと閉ざしていた朱唇《しゆしん》をちょっと尖らせ、考えるように首を傾《かし》げる。

「あるにはあるけど……二十年近く前のことだからね。私も四、五歳くらいだし、よく覚えてはいないわ。確か円福寺《えんぷくじ》で大きな法会《ほうえ》が催されたので、そのときにお越しいただいていたのよ。二の宮様はすでに伏せておられたけど、三の宮様が産まれてまもなくで、まだ健《すこ》やかであらせられたから、それなりに華やかにおふるまいだったたと思うわ」

長男の二の宮は後継争いから脱落したが、まだ次の息子がいた。その段階で九条女御の立場が揺らぐことはなかっただろう。まさか長男の不幸からたった五年で、次男まで病魔に見舞われるとは夢にも思わなかっただろう。どれほど周到に身を律しても、人の手ではどうにも防ぎきれない禍《わざわい》というものがかならずある。そしてそれを立てつづけに受ける人間も一定数存在するのだった。


九条邸は南北に二町の土地を所有していた。

もともとの持ち主は如子の曽祖父で、それを祖父が相続した。そのときは南側の一町だけだったのだが、祖父の代に北側の土地を手に入れて増築をした。そのあとの展開は如子が説明したとおりで、遠信の工房は北側の土地の一部分に建てられている。

その影響なのかは分からぬが、九条邸は思ったよりもさびれていなかった。

南院家が凋落《ちょうらく》した現状では支援もままならず、それこそ竜胆宮《りんどうのみや》と同じ境遇になっていても不思議ではない。しかし前栽《せんざい》はほどよく手入れされ、建物はもちろん築地塀《ついじべい》にも朽《く》ちた場所は見当たらなかった。とはいえ人の訪れが絶えぬという状況ではなかったので、ほんのりとただようううらぶれた空気は隠せない。

いま荇子達の前に横たわる女人は、そんな邸にふさわしい容貌《ようぼう》をしていた。

先々帝の妃・九条女御との対面は、東《ひがし》の対《たい》の母屋《もや》で行われた。女一の宮の話で聞いてはいたが、女御はすっかり臥《ふ》せっていた。畳《たたみ》の上に扇《おうぎ》のように広がる尼削《あまそ》ぎの髪には白いものがかなり目立っていた。

南院家特有の冷ややかな美貌《びぼう》と身分にふさわしい気品の名残《なごり》はあったが、げっそりとやつれた印象のほうがまず先に来る。息子を亡くして四十九日も過ぎていない母親なのだから、それもとうぜんのことかもしれないが。

訪問を受けて起き上がろうとした九条女御を如子は「そのままで」と制した。それで横たわったままで対面は行われた。

「次郎君《じろうぎみ》の大姫ですか。まあ、お美しく長じられましたこと」

九条女御はクマの目立つ落ちくぼんだ目を瞬かせた。次郎君とは如子の父親のことだ。彼は次男だった。ちなみに長男は、先の中宮と明泰の父親の先の左大臣《さだいじん》である。兄弟は女御からすると甥《おい》にあたる。とはいえ彼女は同母兄とも年齢が離れていたので、甥達とはあまり年齢は変わらないようだった。

「二の宮様のご不幸をお聞きして、主上も大変に心を痛めておられます。のちのことは私どもがいたしますので、女御様は雑事に煩《わずら》わされることなく宮様のご冥福《めいふく》だけを御祈念ください」

如子の言葉に、九条女御は感極まった顔をする。荇子は微妙な気まずさを覚える。帝はもちろん二の宮の死を悼《いた》みはしていたが、大変と強調するほどではなかった。女一の宮もそうだが、彼らは故人にけして良い印象は持っていなかった。人として、あるいは血縁としてしかたなく手をかしたという印象のほうが強い。特に帝は、二の宮よりも女一の宮に対する義理のほうが大きい気もする。

「ありがたいことです」

九条女御は声を震わせた。うっすらと涙がにじむ目元を袖口《そでぐち》で押さえ、彼女はひとつすすりあげる。

「主上《あるじ》も女一の宮様も、故人はもちろん私にもよい印象は持っておられなかったでしょうに、それをこのように温かい手を差し伸べてくださるとは……」

そこまで話して耐えきれなくなったのか、九条女御はついに嗚咽《おえつ》した。側付きの女房がなにやら慰めているが小刻みに身を震わせつづけている。

荇子と如子は困惑気に目を見合わせる。

わが子の悪童ぶりを、九条女御は認識していた。それでも止めなかったことは気になるが、二十年も前の話、あるいは子供のしたことだと開き直らないだけまともである。子供であろうが何年前であろうが、危害を加えた側がそれを口にするのは筋違いだ。

とはいえ帝も女一の宮も、いまさら当時の恨み言など口にはしまい。いまとなっては二の宮を罵《ののし》るほうが、かえって心が痛むというものだ。

ほどなくして女御が落ち着いたのを見計らい、荇子は尋ねた。

「ところで三の宮様は、お健やかにお過ごしでしょうか？」

九条女御は不意をつかれたように、赤くなった目を円くする。補足をするように荇子は話をつづけた。

「昨年の三の宮様へ奉書《ほうしょ》は、実は私が記したものなのです。なにか不具合はなかったかと案じておりましたので」

ああ、と九条女御は合点《がてん》がいった顔をする。

「いいえ。宮はとても感激しておりました。とうに承知のこととは思いますが、あの子は語ることができませぬ。それゆえ本人の口から聞いたわけではありませんが、奉書を目にしたときはこのうえなく誇らしげな顔をしておりました」

「ならば安心いたしました」

「主上の奉書を賜《たまわ》って以降、多くの依頼が数多く舞いこんでいるとかで、忙しく過ごしているようです。どうにか人様との縁をつなげることができそうで、今後のことを考えて私も安心しました。二の宮を亡くした状況で申すのも皮肉ですが、なんといっても親は子より先立つものでございますからね」

九条女御が語る言葉の端々に安堵《あんど》がにじみでている。寝たきりの二の宮はそれで大きな心痛だっただろうが、なまじか身体面で健康な三の宮のほうが、あるいは彼女には気がかりだったのかもしれない。仏師という形でも三の宮が世間から認識されれば、親として光明を見た気になるかもしれない。

「その三の宮様の件ですが、法事への参加は適《かな》いますでしょうか？」

まあまあ訊きにくい問いを如子がはっきりと口にしたのは、彼女の気質の他にも理由があった。女一の宮から、三の宮が兄の葬儀に参加しなかったことを聞いていたからだ。葬儀の間中、別所でずっと仏像を彫っていたのだという。

兄の死に関しての認識はもちろんある。しかし三の宮は、葬儀はおろか服喪《ふくも》にかんする常識すら知らない。聞くことも読むこともできない彼は、身分にふさわしいふるまいを学ぶことができなかった。

葬儀を取り仕切った女一の宮は、無理に参列させて式に混乱を起こすよりはと、その間は遠信に頼んで三の宮を仏像作りに専念させていたとのことだった。このあたりなど女一の宮の女傑《じょけつ》ぶりが出ている。生半可な情に左右されて無理矢理出席させたあげく葬儀中に混乱でも起こされては、せっかく上がっていた三の宮の評判を地に落とす。なにより母親である女御をいたく傷つける。

如子の問いの意図を、九条女御はくみ取ったようだった。彼女は気を悪くしたさまは見せず、ただ憂鬱《ゆううつ》そうに嘆息する。しかたがないこととはいえ、ただでさえ気鬱な状態の彼女にそんな反応をさせたことに胸が痛む。

「……難しいかと存じます」

「そうですか」

淡々と如子が返すと、九条女御は「実は……」と言い訳のように切り出す。

「世間がどのように認識しているのかは存じませんが、法要に参加するぐらいの礼儀は心得ている子なのです。もちろん説法の理解はできていないと思いますが、周りの人にならって同じようにふるまうぐらいは可能です」

「それでしたら……」

思わず苻子は口を挟みかけた。それなら法要に参列させて良いのではないか。供養《くよう》の意味が理解できないのなら、それは周りの見栄や自己満足かもしれないが、世間的には三の宮の体裁《ていさい》も保てる。

そこで苻子は疑問に思う。いまの話が本当なら、なぜ女一の宮は葬儀に三の宮を参加させない判断をしたのか。

荇子達の前で、九条女御はゆっくりとかぶりを振った。

「ところが兄が身罷《みまか》ってから、あの子は急に変わってしまったのです」

九条女御との一通りの話を終えたあと、荇子と如子はこの邸《やしき》の女房に案内されて寝殿《しんでん》にむかった。法要の会場としてここを使う予定だからだ。

寝殿造りの邸で正殿となるのは寝殿だが、居住空間として使われるのは対《たい》の屋《や》が一般的だった。九条女御も東《ひがし》の対《たい》で暮らしていた。ちなみにこの邸に西《にし》の対《たい》はなく、代わりに寝殿の奥に北《きた》の対《たい》がある。北側の土地を購入してから増築したらしい。その奥に下《しも》の屋《や》、倉、厨《くりや》が並んでるところまでは一般的な構造だが、他と少しちがうのは板垣で仕切りをした北の先に遠信の工房があることだった。

荇子と如子は母屋と四方の廂《ひさし》の間をぐるりと回って、床や柱の状態を確認した。

「あんがいきれいね」

「修繕する場所もなさそうですね。これなら掃除だけで済みそうですね」

「まあ、葬式はここであげたらしいからね」

あれこれ話をしながら当日までの予定をたてる。僧侶《そうりょ》と仏具の手配は、帝の命を受けた蔵人所《くろうどどころ》に任せている。仏具は前日までに納入されるが、配置や飾りつけは苻子達の仕事である。それ以外の事前の準備も一任されている。参列者の身分にあわせた席の設《しつら》え、斎《とき》の指示もせねばならない。

「どれくらいの人が参列するかしらね」

如子は首を傾《かし》げるが、苻子も想像がつかない。葬儀は女一の宮が人知れずに執《と》り行ったものだから、この参列者の数はあまり参考にならない。とはいえ故人と九条邸の状況を考えれば、公《おおやけ》にしたところでさほどの参列者があるとは思えない。

「斎の食器は葬儀の時に使ったものが、まだあるのですか?」

苻子の問いに女房はうなずいた。

「はい。当家にあったものは長く仕舞っていたので劣化がひどくて、女一の宮さまが新しいものを準備してくださいました。どうせ四十九日《しじゅうくにち》にも使うだろうから、ここに置いたままでよいと」

如子はその黒い眸《ひとみ》に称賛の色を浮かべた。

「本当に中宮腹の内親王様とは思えぬ機転と才覚ね。いっそ尚侍《ないしのかみ》にでもなってくださらないかしら」

「門跡《もんぜき》の管理をなされておいでなので、特に仏事には慣れておいでなのでしょう」

如子の冗談に荇子は苦笑交じりに返す。機転と才覚は本音だろうが、尚侍はさすがにない。寝殿を抜けて北の対に入る。ここがひき連れてきた女孺《にょうじゅ》達も含め、荇子達御所の女達の滞在場所となる。

荇子と如子はそれぞれ別の局《つぼね》に案内された。数名の女孺達はまとまって西廂に入っている。一休みしてから斎のことを打ち合わせようという話になっていたので、頃合いを見てから如子の局を訪ねると、彼女は眉根《まゆね》を寄せてなにやら思案していた。

「いかがなさいました?」

几帳《きちょう》から身を乗りだして尋ねる荇子に、如子は愁眉《しゅうび》を開いた。

「ああ、ちょっと気になってしまって」

「三の宮様のことですか?」

即座に指摘した荇子に、如子は驚きもせずにうなずいた。荇子はいざり出ると、格子《こうし》を背に如子とむきあった。

二の宮の死後、三の宮が変わってしまったのだと、本当に途方に暮れたように九条女御は言った。それまでは会話はできずとも、母子として普通に過ごしていた。互いの意思は仕草や表情でおおよそ分かったし、どうしても詳細に伝えたいことは放ち書きとはいえ文字があった。三の宮に物心がついて少ししてからそういう生活をしているので、周りが思うほど不自由にも感じなかった。

『あの子を産んで二十二年、母子として普通に過ごしていたと思います。ですが二の宮が身罷ってからというもの、この母と目をあわせようともせず、近頃では工房のほうに籠《こ》もったまま姿も見せないのです』

『二の宮様への哀惜が癒《い》えぬのでは？』

如子の言葉に、九条女御は寂しさと皮肉が入り混じった顔をする。

『三の宮が産まれたとき、二の宮はすでに発病しておりました。それゆえ御所に住んでいるときは、不吉を理由に周りが三の宮を二の宮に近づけることはありませんでした。それだけ用心していても、結局は同じ病に見舞われましたが……』

自嘲《じちょう》的な笑いをこぼしながら語る九条女御に、荇子はどういう顔をしてよいのか分からなくなったのだが、天晴《あっぱれ》なことに如子は眉一つ動かさずに端然と話を聞いている。

『さようなわけですから、兄弟としてそれほどの深い情があったとは……この邸に入って間近に接するようになったときは、あの子は聞こえの能力を失ったばかりで自分のことで精一杯でした。とうてい兄を思いやる余裕はなかったかと』

言葉だけ聞けば薄情にも聞こえるが、三の宮の状況を考えればいたしかたない。身体《からだ》の不自由な兄弟をかばうけなげな子供の話はたまに聞くし、それ自体は立派だと思う。だが自分に不自由があってまでできることではない。そもそも二の宮がその身体状態で二十七歳まで生き長らえたのは、不遇な立場であっても帝の子供だからだ。その日を生きることでせいいっぱいの庶民《しょみん》の子供であれば、ろくな世話もされずに衰弱死するか、もっとひどければ生きたまま河原か羅城門《らじょうもん》に捨てられている。

それらの要素を考えてみると、確かに三の宮の変化の理由を二の宮の死に求めることは無理があるように思う。

「本当にそんなに変わってしまわれたのかしら？」

ぽつりと如子が言った。どういう意味だと怪訝《けげん》な顔をする荇子に、如子は珍しく言いよどむように口をつぐんだが、つかの間を置いてすぐに口を開いた。

「ひょっとして九条女御様は、三の宮様を人目に晒《さら》したくないだけではと思って……」

「ああ」

荇子は苦い顔で相槌《あいづち》をうつ。

親子にかぎらず、心身に不自由を持つ身内を世間から隠すことは珍しくない。程度によるが落ちつきを保っていられない者を人前にさらすことは、身内として身を切られるように辛《つら》いことだろう。

「つまり三の宮様が周りにあわせられるという女御様の言い分は、偽りかもしれないということですね」

単純に世間体《せけんてい》のため、あるいは仏師として世間の評判が上がっている現状を考えて良く言ったのか。いずれにしてもそのほうが色々腑《ふ》に落ちるし、女一の宮が葬儀に参列させなかった理由も分かる。

「だとしてもそれが親の判断でしたら、私達がとやかく言うことではありませんものね」

苻子の意見に如子はうなずいた。彼女も別に九条女御を追及するつもりではなく、聡明さから気づいたやりとりの矛盾《むじゅん》に黙っていられなかっただけなのだろう。

「それはとうぜんよ。ただある程度、お気持ちを推測していた方がいいかと思って」

「そうですね。もしも典侍《ないしのすけ》様の推測通りだとしたら、先程の私は無意識のうちに九条女御様を追い詰めてしまったかもしれません」

三の宮が人前でもおとなしくふるまえる。その九条女御の証言を聞いた苻子は、反射的に『それなら』と、法要への参加を切り出してしまった。九条女御が三の宮を人前に出したくないと思っているのなら、あれはまさに余計な一言だった。

「それはしかたがないわ」

如子が言った。

「嘘をついたら、どうせどこかでぼろが出るものよ」

真理である。よほどの策士でもないかぎり、虚言を積み重ねていけば絶対にほころびが生じる。荇子の提案はその結果である。とは思っても九条女御の嘘は哀れで、彼女を追い詰めるような問いをしたことに胸が痛む。

ふいに如子が眉をよせた。その目は荇子を通り越して格子にむけられている。荇子は視線を追って振り返ったが、特に変わったところはない。

「いかがなさいました？」

「いえ、いま別の薫《かお》りがしたので……」

若干《じやつかん》自信なさげに如子は言うが、彼女の香をきく能力はまちがいなく荇子より高い。なにしろ育ちがちがう。

「女房の誰かが、簀子《すのこ》を通ったのではありませんか？」

「でも薫衣香《くのえこう》ではなかった気がするのよね」

釈然としない顔で如子は言う。薫衣香とは衣服に焚《た》き染める香のことで、空間にただよわせる香は空薫物《そらだきもの》という。後者ならどこかからただよってきたと考えるべきだが、この北の対に他にいるのは、荇子達が連れてきた女嬬とその下の端女《はしため》達で、彼女達が率先して薫物を焚くとは思えない。

荇子は立ち上がり、上格子をそっと押し上げた。二枚格子は外に開く形になっているので、勢いよく開けてしまっては人がいた場合に危ない。身体が通るぐらいの隙間《すきま》から、内側に垂らした御簾《みす》をくぐって外をのぞく。するとものすごい速さでやってきた如子が左隣に並んだ。これは苻子の持論だが、女房たるもの唐衣裳《からぎぬも》で身軽に動けるようになってこそ一人前なのだ。

北廂《きたひさし》から見えるのは裏庭だから、立石や前栽《せんざい》ではなく下《しも》の屋《や》と畑が広がっている。青々とした葱《ねぎ》を視界の隅に簀子に視線を戻す。右を見てなにもないことを確認して左を向こうとしたが、如子の身体が視界を妨げている。

「どうですか?」

顔を見上げて尋ねると、彼女は困惑気に左側を眺めている。苻子はさらに身を乗り出して如子のむこう側をのぞきこむ。

一間《いっけん》先の簀子に座っていたのは、垂髪《すいはつ》に遊行僧《ゆぎょうそう》のような裳付衣《もつけごろも》を着た青年だった。その年頃で元服《げんぷく》をしていないということだけで、三の宮だとすぐに分かった。四《よ》つ這《ば》いで顔を伏せ、簀子の上でひたすら筆を動かしている。無造作《むぞうさ》に束ねた髪はほどけかかり、それゆえに顔や体格はよく分からない。この距離で苻子達がまああの声量で話しているのに、こちらを見る気配もない。そもそも普通なら格子をあげた音に反応する。聴覚にさわりがあることにまちがいはなさそうだ。

しかし筆を持ってなにをしているのだろう？　確か文字も放ち書き程度にしか書けないのではなかったか。首を傾《かし》げつつ彼の手許に目をむけた荇子はさらに驚く。簀子の板上に彼が記していたものは真名《まな》だった。距離があるので内容までは分からないが、経典《きょうてん》のようにびっちりと並んでいる

――簡単な仮名《かな》しか、使えないのでは？

同意を求めるよう如子の顔を見ると、いつのまにか彼女は、眼下の簀子を見下ろしていた。視線を追いかけた荇子は簀子を見てぎょっとした。こちらの簀子にもまた真名がぎっしりと記されていたのだ。

しかも楷書《かいしょ》だった。それは青年が座っている場所までつづいている。状況から、これも三の宮と思《おぼ》しきあの人物が記したものと考えられるのだが、色々と疑問がありすぎて混乱が収まらない。

三の宮は読み書きがほとんどできないと聞いている。ならばあの青年は三の宮ではないのか？　だとしても簀子に書字をすること自体が奇怪である。

「これ、法華経《ほけきょう》じゃない？」

しばらく簀子を眺めていた如子が、ぽつりと言った。荇子ははっとして、それまで流し見ていただけの文字を追う。少し読み進めて、それが如子が言う通り経典であることを確

認する。

「え、どういうこと？」

ぽつりと独《ひと》り言《ご》ちたあと、如子と目を見合わせる。

であればあの青年は三の宮ではないと考えるべきだ。しかし彼はこれだけ荇子達がざわついているのにいっこうにこちらを見る気配がない。それだけ作業に集中しているのかもしれないが、物音が聞こえないからと考えたほうが自然ではある。そもそも三の宮でないのなら、人の家の簀子に経を記すとはどういう意図だ。

「うかがってまいりましょうか？」

荇子が尋ねると、如子はほんの短い思案のあと、懐《ふところ》から懐紙《かいし》を出して手渡した。筆談が必要であれば使えということだろう。少し考えてから、荇子は西側の妻戸《つまど》に回った。簀子の東側は、青年がいるところまで経典がびっちり記されていた。墨《すみ》はとうに乾いているだろうが、経典を踏みつけて近づくというのも罰当たりな気がする。そんなことを言っていたら、この簀子が半永久に使えなくなってしまうのだが。

扇《おうぎ》をかざしつつ簀子を西側から三分二ほど進むと、青年との距離は人一人ほどのものになる。ここまで近づいて、さきほど如子が言っていた薫りに気づく。

墨の匂《にお》いに交じって薫るのは、名香だ。おそらく白檀《びゃくだん》を主とした抹香《まっこう》である。この青年が服装通り寺関係の者なら合点《がてん》がゆく。

まずは声をかけるべきだろう。三の宮でなかったらそれで反応する。荇子が一歩前に進んだ時、背後から照らしていた冬の西日が、青年の手元まで荇子の影を伸ばした。

青年の手の動きがはじめて止まり、彼はすっと顔をあげた。

隙がないほど整った顔立ちに、思わず息を呑《の》む。同時に、これは三の宮でまちがいないと確信した。如子、先の藤壺《ふじつぼ》中宮、明泰、そして母・九条女御。南院家特有の冷ややかに冴えた彼らの美貌《びぼう》の、それこそ粋《すい》を集めたように美しい青年だった。

白皙《はくせき》の顔に黒いおくれ髪がまとわりついているさまなど、なんとも言えぬほどに艶《なま》めかしい。この年の男性の垂髪など、牛飼《うしか》い童《わらわ》のように身分の低い者でしか見ないが、その面《おも》差《ざ》しからは市井《しせい》の者にはない気品と繊細さがにじみでていた。

三の宮は荇子を一瞥《いちべつ》したあと、なにかに気づいたように手前に置いていた硯箱《すずりばこ》をつかむとそのまま後ろに下がった。

（道を、開けてくれた？）

つまり荇子がこの簀子を通り抜けようとしていると思ったのだ。この状況ではそう取ることが自然であろうが、拍子抜けするほど普通の気遣いである。少なくとも経典を記したこの簀子を歩くことは構わないようだ。

苻子がかぶりを振ると、三の宮は怪訝《けげん》な顔をする。ここまで一言も声を発さないところからも三の宮だと確信する。ひとまず自己紹介かと懐紙を取り出したとき、別の気配を感じた。扇をかざした如子が、苻子の斜め後ろからのぞきこんでいる。

如子は扇の内側で「三の宮様のようね」とささやいた。苻子は無言でうなずく。耳が聞こえない者を前に語りあうのは、存在を無視しているようでなんとなく気が咎《とが》める。子供の頃に住んでいた大和《やまと》に、唇の動きで言葉を推測する聾《ろう》の男がいた。しかし彼は言葉を習得した成人以降に聴力を失ったとかで、声量にやや問題はあったが喋《しゃべ》ることそのものに問題はなかったので三の宮とは事情がまったく異なる。

懐紙を手にした苻子に、三の宮は黙って筆を差し出した。苻子は扇を置いて、筆を受け取った。そのうえで放ち書きで、自分達が御所から来たことを記した。簀子に記された楷書が気になった。こんな文字を手本もなしに書けるのなら、仮名文字だってとうぜん読み書きができるのではと思う。しかし迂闊《うかつ》に用いて分からなかったら、とんでもなく気まずい空気になってしまうので試しにもできない。

苻子達が九条邸の者でないことは分かっていると思うが、そういえば最初から不審な顔はしていなかった。葬儀以降は女一の宮の女房が出入りしていたようだから、見知らぬ者がいてももはや驚かないのかもしれない。

二の宮の法要のために来たこと、それまでここに滞在することを記して渡すと、一読してから三の宮はこくりとうなずいた。

荇子達が伝えることはそれだけである。こちらが訊きたいことは山ほどあったが、この状況では難しい。放ち書き限定の筆談、しかも初対面では細やかなあれこれは質問できない。未練はあったが荇子は如子と目配せをしたあと、三の宮に一礼して立ち上がる。三の宮は目配せのようにうなずくと、ふたたび筆を手に簀子に文字を記しはじめた。


日が暮れた頃、遠信が如子を訪ねてきた。

いまでも南院家に恩義を感じているという義理堅いこの仏師は、恩人の孫娘の訪問を聞きつけて挨拶《あいさつ》に訪れたのだった。色々と訊きたいことがあるだろうと、すぐに荇子を呼んで同席させてくれた如子はさすがである。

南廂に遠信を通し、荇子と如子は御簾を下ろして母屋《もや》で応対する。昼であれば簀子でもよかったが、睦月《むつき》の夜に格子を上げるのはさすがに寒い。

遠信は年齢は六十を少し越したくらいだろう。きれいに剃髪《ていはつ》をしており、がっしりとした体軀《たいく》の大柄な男だった。小袖《こそで》に括《くく》り袴《ばかま》を穿《は》き、なんの動物かは分からぬが黒っぽい袖無しの皮衣（毛皮）の表着《うわぎ》を羽織《はお》っている姿はまるで修験者《しゅげんじゃ》のようで、観音《かんのん》や天女《てんにょ》などの繊細で美しい像を得意とする仏師というのがにわかには信じがたい容姿だった。

稀代の仏師という立場もあり、最初は気難しい人物かと思った。けれど落ち着いた優しい声音《こわね》の持ち主で、話しているうちに荇子の警戒も和《やわ》らいでいった。そもそもそんな癖《くせ》の強い人物なら、わざわざ如子を訪ねてこないし、明泰に義理立てするはずもなかった。

「そうですか。三の宮様にお会いになりましたか」

「ええ。そのあともしばらく簀子に経典を書いておられましたが、日が落ちてからどこかに行ってしまいました」

「工房で仏像を彫っていますよ」

遠信の答えに、荇子と如子は目を見合わせた。確かに遠信の工房は同じ敷地にある。しかしこの刻限であれば自室に戻るものではないか。

「もう暗くなっていますよ」

「最近は昼夜も工房で過ごされることが多くなりましたね。お若いからできることでしょうな。私ぐらいの年になりますと、夜は細かい細工が見えにくくなってかないません」

「それほどに急ぎの依頼なのですか？」

如子は尋ねたが、それなら簀子に経典など書く暇はなかろうと荇子は思った。三の宮の識字能力を訊きたくてうずうずしていたが、立場と遠信との関係を考えれば、如子の話をさえぎるわけにはいかないのでここは耐える。

「いえ、急ぎではないはずです。なれどものづくりというものは、己の内側に情熱が高まったときにいっきに成したいものなのです。若いだけに、すべての情熱をそそぐ体力があるのでしょう」

だったらあの経典はなんなのかと思ったが、まだ訊く間合いはつかめない。如子は気づいていないのか、あるいは意図があってそらしているのか、ともかくそこには切り込まない。

「九条女御様もさように仰《おお》せでした。ずっと工房に引きこもっていて……まるで自分を避けているようだと」

「それは若い男には、珍しくはないでしょう」

同性としての意見を述べたあと、遠信は「まあ、宮様はもうそんな年齢ではありませんが」と苦笑した。この否定は若い男ではなく、母親に反発する年頃に対してである。二十二歳の三の宮は間違いなく若い男だ。それよりさらに年少な頃。元服《げんぷく》や裳着《もぎ》の年頃に、親への反抗心が芽生《めば》える子供は珍しくない。

冗談めかして語ったあと、遠信はふと口調をあらためた。

「三の宮様は非常に繊細な方ですから、二の宮様が身罷《みまか》られたことをなにか引きずっておられるのかもしれません」

「兄弟としての交流は、ほとんどなかったと聞いていますが」

「まあ、二の宮様があの状態でしたからね」

そこは遠信も否定しなかった。

「ですが三の宮様の内側に籠《こ》もったさまざまな思いとその鬱屈《うっくつ》は、われわれのように己の意志を表出することに不自由のない者には、とうてい図りがたいものでありましょう」

遠信の言葉に如子ははっとしたように目を見張り、少ししてまるで羞恥《しゅうち》でも覚えたように視線を落とす。

「……気づきませんでした」

低い声で言うと、如子は膝の上で指を握りしめた。彼女のそんな反応は珍しかった。

如子とて、ままならぬことはいくらでもあろう。けれど気が強くて弁もたつ彼女は、自分の意志を伝えられずに鬱屈を抱えたことはあまりない。そして彼女は、成人となっても浅はかさや気の弱さを理由に己の意志を伝えない者にはそこそこ厳しい。

けれどそうではなく、どうしようもない理由で意志を伝えられない者もいる。そのことをはじめて知らされ、考えが及ばなかったことに忸怩《じくじ》たる思いを抱いている。火桶《ひおけ》の炭火だけが燃えるほの暗い室内で、如子の白い頬は朱に染まっているのかもしれなかった。

「あの方が作られた像を、御覧になられたことがございますか？」

おもむろに遠信は尋ねた。荇子と如子は同時にうなずく。

「圧倒されました。怖いぐらいの迫力でした」

執金剛神《しつこんごうしん》も迦楼羅《かるら》も、そのどちらの像もすさまじいまでの迫力で、仏法を守護する者達の気概《きがい》がひしひしと伝わってきた。

「観音や天女のような嫋《たお》やかな像も、好んで鑑賞はなさるのです。けれどご自分が手掛けるの物はことごとくあのような荒々しい戦神ばかりで――最初は私も不思議に思ったものです。ある時期からは、あれは御自身の内にある放ちがたい鬱屈を表現しているのかもしれないと考えるようになりました」

あくまでも自分の想像だが、と遠信は付け足した。

確かに三の宮がなにを考えているのかは分からない。けれど彼の偏好を考えたのなら、遠信の意見はけして的外《まとはず》れではないような気がした。

しばしの沈黙のあと、ようやく荇子は口を開く。

「三の宮様は、経典《きょうてん》の読み書きができるのですか？」

黙読をしていたのなら読みの能力は分からないが、書いているところは見たからまちがいない。だとしたら簡単な読み書きしかできないという話とはだいぶん異なる。あの冴え冴えとした容姿もだが、なにもかも予想とはだいぶんちがっている。

遠信はすぐに荇子の意図を察した。

「こちらの簀子《すのこ》に記していたものですか？」

「はい。諳《そら》んじているかのように、さらさらと記していらっしゃいました」

「あれはおそらくですが、宮様にとって絵を描くのと同じ感覚かと」

予想外の返答の意味を、とっさに理解することができなかった。

絵を描くのと同じ――頭の中で言葉を繰り返してみても意味が分からない。混乱から黙してしまった荇子に、遠信は御簾《みす》のむこうで苦笑を漏《も》らした。

「結論から先に申しますと、われわれのいう意味では経典を理解することはできておられないでしょう。宮様は真名《まな》はもちろん、仮名《かな》も放ち書きしか読むことはできません」

それは前にも聞いていたとおりである。二の宮は説法を聞くことも経典を読むこともできないから、その理屈で言えば仏の教えなど理解できるはずがなかった。

遠信はさらにつづける。

「けれど宮様は、己の目で見た仏の世界を、自分なりに解釈なされているのでしょう。仏像や仏画を見るように、経典もよく眺めておられます。きっと絵を観るような感覚で記憶なされているのではないかと思います。それを記しているだけかと」

　にわかには信じがたい話に、荇子はしばし言葉を失う。

「……そんなことが、できるものなのですか？」

「遠信の言う通りかもしれないわ」

　それまで黙っていた如子が言った。

「写経は一言一句誤りなく写すことが重要なのよ。それを理解しているのなら、たとえ諳んじている自信があっても、手本なしに書くような真似《まね》はしない。けれど宮様はそれをしている。つまり最初から、私達が考えているような理由で経を記してはおられないということではないかしら」

　釈然としたとまでは言えないが、理はあると思った。いずれにしても三の宮の記憶力がすごいことはまちがいない。

「宮様が経典を仏像や仏画と同じ感覚でとらえておいでなら、あれも信心の形なのかもしれないわ」

　しみじみと如子は言った。確かに経典を簀子に記すという行為には驚いたが、戸や壁を仏画で装飾している寺院があることを考えれば矛盾《むじゅん》はしていないように思う。

「では宮様は、このまま簀子をすべて埋めてゆくつもりなのでしょうか？」

素朴《そぼく》な疑問を苻子は口にした。実はあのあと確認したのだが、他の三方の簀子にはまだなにも記されていなかった。北簀子も三分の一程度しか埋まっていないから、なにを目標にしているのかの見当がつかない。

「そこまでは分かりかねますが、あれも三の宮様なりの、兄宮様への供養《くよう》なのかもしれませぬ」

そう答えたあと、遠信は床を軽く打ち鳴らした。

「実はこちらの対《たい》の屋《や》は、二の宮様が長らく療養されていた場所なのです。私が記憶しているかぎりでも、二十年近くはここで過ごされたかと。もちろん身罷られた場所もこちらです」

さらりと二十年という年月を告げられたが、その間をずっと寝たきりで過ごしたのだと想像すると息苦しくなった。身動きも取れず、語ることもできず、誰かと目をあわせることもなく、ただ生きるためだけに人から飯を与えられつづけた生涯《しょうがい》に、よく耐えたという帝の言葉以上のものが思い浮かばない。

どのような想像をしたのか、いつもは冷静な如子の表情に暗い影がさしている。やがて彼女は、まるで会話をつなぐかのように訊いた。

「二の宮様は、安らかに身罷られたのかしら？」

「どうでしょうな。正直、いつ亡くなってても不思議ではなかったという話ですから」

世話をしていた雑仕女《ぞうしめ》達の話を聞くと、晩年はあちこちにできていた床擦《とこず》れがどんどん拡大し、食事も食べるたびにむせていたのだという。こうなると生きることそのものに苦しんでいたというしかない。

次第に沈痛な顔になる荇子と如子のようすは、御簾を隔《へだ》てた遠信には見えなかったのかもしれない。しかし彼なりに暗い気配を察したのか、少々慌てたように言った。

「特に容態が悪化したわけでもなく、眠っているものと思っていたら亡くなられていたということですので、長く苦しむことはなかったと思います」

いつ亡くなっても不思議ではないという言葉とは矛盾するようだが、悪いなりに落ち着いていた病人が、咳病《しわぶきやみ》や暑い寒いの変動で急変することはよくある話だった。

「それならよかった」

如子の声が少し和《やわ》らぐ。安堵《あんど》というより救われたような声だった。荇子も同じ気持ちだった。過酷《かこく》な身体状況のまま二十年以上を生き、あげくに断末魔《だんまつま》を迎えたのではあまりにも報われない。せめて穏やかな死を迎えたのであってほしかった。

「実は二の宮様が身罷られていることに気づいたのは、三の宮様だったのですよ」

ふと思いだしたように遠信は言った。彼に他意はなさそうだが、荇子はかすかな引っ掛かりを覚えた。

――ほとんどかかわりがない兄弟なんじゃ？

しかしそれを追及する空気ではない。そもそものような問いをすれば、二の宮のとつぜんの死に三の宮の関連を疑っていると受け取られかねない。

「虫の知らせとでも申しますか、なんとなく気がかりになって訪ねたところ、息をしていないことに気づいたとのことです。そのあたりはやはり血を分けた兄弟ということなのでしょうなあ」

遠信はなにも疑ったようすはない。三の宮と付き合いが深いから、そのような突飛《とっぴ》な行動にも違和感はないのだろう。

確かに話を聞いたかぎり、三の宮の行動は理屈や悟性《ごせい》ではなく感性によるところが大きい。それゆえこちらの常識では説明しにくい。となれば簀子に経典を記すのも仏像を刻むのも、三の宮の中では同じ意味を持つ行為なのかもしれないと荇子は思った。

翌日は朝から寝殿《しんでん》の掃除を行った。

仏具が午後に運び込まれる予定なので、それまでに済ませてしまわなくてはならなかった。荇子は御所から連れてきた女孺《にょうじゅ》や端女《はしため》、それに九条邸の者達までを差配して、床や柱をあますことなく磨き上げさせる。

如子は東《ひがし》の対《たい》にいる。法要の段取りを九条女御に説明に行っていた。体調の悪い女御にあれこれ動いてもらうつもりはなかったが、それでも家主には一通り話を通しておかなければならない。

その如子が、九条女御を連れて戻ってきた。お付きの女房に支えられて歩く姿には仰天《ぎょうてん》してしまう。昨日の様子では起き上がることも困難かと思っていたのに。しかし顔色は変わらずに悪く、いまにも倒れやしないかとひやひやする。

「女御様、お加減は大丈夫なのですか？」

荇子の問いに、九条女御は頭を振る。

「今日は気分がよいのです。それに息子の法要なのだから、せめて様子だけは見ておきたくて」

「仏具は午後にならないと届きませんから、室礼を整えるまではまだ間があります」

「飾りつけはあなた達にお任せします。いまの私があれこれ申してもかえって混乱になりましょうから」

などと息を乱しながら語るさまにもはらはらする。付き添いの女房も不安げに主人を見守っている。これは早く戻って休んでもらったほうがいいと思うのだが、よりによって九条女御は、これから北《きた》の対《たい》に行きたいと言い出したのである。止めたかったが「二の宮の臨終《りんじゅう》の場で手をあわせたい」と訴えられては頭ごなしに拒否もできなくなる。東の対からの経路を考えれば、最初からそのつもりで寝殿にも来たのではと思う。

お付きの女房一人に任せておくのも気がかりで、荇子と如子も北の対まで付き添うことになった。寝殿の準備はほぼ終わっていて、あとは仏具が届いてからしか動けないから、いまはすることもない。

寝殿をよぎって渡殿《わたどの》を進む最中も、九条女御の足取りはかなり危なっかしかった。ときおりふらついて女房にもたれたりをしながら、ようようにして北の対にあがった。

二の宮の寝所は母屋《もや》に設《しつら》えていたというので、荇子は先に行って襖障子《ふすましようじ》を開く。些細なことだが、これだけでもついてきた甲斐《かい》はあった。九条女御を支えながら、女房が一人でこの作業を行うのは危なっかしい。それでなくとも襖障子はあんがいに重いものだ。

がたがたとやかましい音をたてて開いた襖障子の奥を見て、荇子は目を見張った。

三の宮が座っていた。

とうぜんだが、あれだけ大きな音をたてた荇子に気づいた様子はない。調度もなにもない空間で、じっと床を見下ろしている。探し物でもしているのか？　それとも虫でもいるのだろうか？

　様子を見守っていると、三の宮は床にむかってそろそろと両腕を伸ばしはじめた。ある高さでぴたりと身体《からだ》を止めると、そのまま空をつかむように指を動かす。なにかを握りしめているような動作だった。

　なにをしているのか不審には思うが、常人とはちがう感覚で行動をしている三の宮の真意を推察することなど凡人の自分にはできかねる。異母兄である帝とは別の意味で、なにを考えているのか分からない人だった。

　中に入っていいものかどうか迷っていると、後ろから如子が近づいてきた。

「立ちどまって、どうしたの？」

　そのせつな、三の宮が顔をあげた。まるで声が聞こえたような間合いに、荇子は不審を抱く。もちろん聞こえているはずはない。あれだけ大きな襖障子の音にはぴくりとも反応しなかった。

　戸口に立つ荇子と如子を見て、三の宮はたちまち拍子抜けした顔をする。彼はすいと立ち上がり、戸口まで近づいてきた。そうして荇子達にむかって道を開けろとばかりに手を動かす。荇子と如子は二人並んで戸口をふさいでいたのだ。

「ああ、すみません」

反射的に詫びを述べてから、聞こえなかったと思いだした。気まずい思いのまま滑り込むように中に入ったが、三の宮は特に気を悪くした様子もない。荇子の唇が動いたことに気づいていないか、あるいは自分の前で人がしゃべるのを見るなど、もはや慣れっこになっているのかもしれない。

三の宮は戸口に立ったままの如子の横を通り過ぎようとして、ふと足を止めた。

あれ？　という表情で如子を見る。いつのまに手にしたものか、如子は扇《おうぎ》を顔の前にかざしている。このあたりの動きはさすがに上臈《じょうろう》である。荇子も体裁《ていさい》で顔を隠しはするが、本音を言えば誰に見られたところで別に恥ずかしいとも思っていない。

三の宮はしばし如子に目を留めていた。顔の上半分しか見えなくても、如子の美貌《びぼう》は想像がつく。三の宮が惹《ひ》かれても不思議ではない。三の宮の場合、彼自身が如子に負けず劣らずの美形だから、なんとなく奇妙な感じはするのだが。

南院家の血筋を持つ美形は、これまで何人も見てきた。九条女御はもちろん、先の中宮に皇太后。竜胆宮に除籍された明泰。夭折《ようせつ》した先帝もそうだ。その中で竜胆宮だけは、彼自身は美しい少年だが、彼らとは少し趣《おもむき》のちがった顔をしていた。

竜胆宮の美貌はその名の通り、澄みきった秋の空気の中に凜《りん》と咲く竜胆の花を連想させる。対して南院家の者達は、雪催《ゆきもよ》いの重苦しい空と寒々とした中、艶《あで》やかな花を咲かせる緋椿《ひつばき》のような美貌の持ち主だった。そんな美形ばかりの一族の中でも、この二人がもっとも美しいと荇子は思った。

しばしの注視のあと、三の宮は急に関心をなくしたように如子から目をそらした。普通に考えて失礼だが、ここで気軽に「なにか？」と尋ねることができないところに、聾者との連携の取りにくさがある。識字能力があったところで、紙はともかく筆と墨《すみ》をその場ですぐに用意するなどできない。そこまでして伝えたいことなのかと考えて、面倒くさいからもういいかという気持ちになってしまう。その積み重ねで彼らとの交流は最小限のものになってしまうのだろう。そもそも身体に不自由のない者でも、世の中は圧倒的に読み書きができない者のほうが多い。

そのまますり抜けようとした三の宮の袖《そで》を、如子がはしとつかんだ。

荇子は目を円くする。柳眉《りゅうび》を逆立てたさまが、檜扇の上からはっきり分かる。三の宮のほうもなにが起きたのかという顔で如子を見下ろしている。線が細いので気づかなかったが、こうしてみると三の宮はあんがいに背が高かった。

如子は袖をつかんでいた手を離し、懐《ふところ》から懐紙《かいし》を取り出して三の宮に渡す。ほぼ押し付けられた形で、三の宮は反射的に受け取る。それを確認してから如子は例のごとく、冷ややかな怒りをまとった声で言った。

「江内侍《ごうのないし》、悪いけれど硯箱《すずりばこ》を持ってきてちょうだい。文机《ふづくえ》の上に置いてあるわ」

苻子はおののいた。つまり三の宮に、いまの無礼の理由を説明させるつもりなのだ。わざわざ筆記用具を準備するという手間を惜しまず、かつ宮様という相手の身分にも臆さずに。少々荒っぽいかもしれないが、呼び止めることができない相手だからしかたがない。

おののいた次に感動した。これでこそ如子だ。私の憧れる、内府典侍《ないふのすけ》だ。はやる気持ちを抑え、苻子は北廂《きたひさし》の局《つぼね》にむかって踵《きびす》を返そうとした。

その直後、外で「女御様」と悲鳴があがった。

苻子はあわてて身体を戻す。如子が外を見ていた。苻子も駆け寄って襖障子から身を乗り出す。廂の間で九条女御が座りこんでいた。正直に言えば、その瞬間は心配よりもやっぱりの気持ちの方が強かった。

もちろんそんな気持ちはおくびも出さず、苻子は九条女御のもとに駆け寄る。如子もさすがに三の宮から離れて苻子にならった。

「ああ、大丈夫よ」

そう言って九条女御は顔をあげると、女房の手を借りて立ち上がろうとした。女房一人では心もとないので、横から苻子も手をかした。如子も不安げな面持《おもも》ちで眺めている。そろそろと時間をかけて、慎重な所作《しょさ》で九条女御は立ち上がった。

「袴《はかま》に引っかかってしまって」

　気恥ずかしげに九条女御は言った。長袴は裾《すそ》を踏みながら歩くのだが、そそっかしい者や不慣れな者でなくとも、体力の落ちた者や高齢者などの転倒につながりやすい。激しい物音はしなかったから、転倒というほど大袈裟《おおげさ》ではなかったようだが。

　様子を見ると、歩くさまも最初より元気そうだ。寝殿に来たときはどうなることかと思ったが、少し動き慣れたというのもあったのかもしれない。ひとまずほっとしたところでふと三の宮のことを思いだす。

　――母親が倒れたのに？

　女房の悲鳴は聞こえずとも、如子と荇子の反応を目で追えば、九条女御の姿は目に入るはずだ。荇子は廂を見回し、母屋の中ものぞく。しかし三の宮の姿はどこにも見つけることができなかった。


「急に変わってしまったって、つまりああいうことだったのね」

　腹立たしさを露ほども隠さず、きつい口調で如子は言った。寝殿への仏具の納入が終わったあと、荇子は如子の局でひとしきり文句を聞かされつづけている。

あのあと母屋に入った九条女御は、なにもない空間で手をあわせた。

もともとここは二の宮の病室として使っていた。そのときの調度の類《たぐい》は塗籠《ぬりごめ》に片づけている。ちなみに寝具や布類は、汚物の汚れと臭《にお》いが染みついていたので処分したそうだ。

その話を聞けば三の宮が母屋にいたのは、やはり兄の冥福《めいふく》を祈る気持ちがあったのではとも思う。なにもない床にむかって摑《つか》むようなあの行為を見たのは荇子だけで、誰かに意見を求めることもできなかった。

簀子《すのこ》に経典《きょうてん》を記すことが彼なりの供養《くよう》なのだろうと遠信は言っていた。ならばあの奇妙な所作も、三の宮の中ではなにか意味があることなのかもしれない。

もやもやと考えを巡らせる荇子の前で、如子は憤然としている。

「母親が倒れているのに、そのまま行ってしまうなんて――」

「気づかなかった、ということは……やっぱりないですよね」

遠慮《えんりょ》がちに言う荇子に、如子はたちまち渋い顔をする。物音も言葉も聞くことができないのだから、可能性がないこともない。だがあのときの如子と三の宮の位置関係を思いだせば、目に入らなかったというのは、やはり考えにくい。

しかし否《いな》とも言えない。聾啞《ろうあ》にかぎらず身体の不自由や病を抱える者の困難を、想像だけで安易に断定することはできない。

「そのあたりは断言できないけれど……」

如子は珍しく語尾を濁した。三の宮が母親が倒れたことに気づいたうえでその場を立ち去っていたのなら、九条女御が言った「変わってしまった」という言葉はそういう意味なのだろう。

けれど三の宮の人格を否定することに違和感はあった。

聾啞という状況と、あの並外れた美貌《びぼう》のせいで接し方に戸惑うが、あんがい普通の人なのではとも思うのだ。簀子や襖障子《ふすましょうじ》で鉢合《はちあ》わせたときに道を譲ったときの反応など、些細なことだが人としてしごくまともだった。

「三の宮様は、私との筆談も普通に対応してくださいましたし」

書字をしたのは荇子だけだから、筆談というのはちょっとちがうのかもしれないが。

結果的に弁明する形になった荇子の発言に、如子は反論をせずに気難しい表情を浮かべる。如子も本当のところを決めきれないでいるのだろうが、荇子もどちらとも言えずに迷ってしまう。まるで牽制《けんせい》しあうように上目遣いで相手を見つめあったあと、ふいに鼻先をかすめた薫《かお》りに気づく。

抹香《まっこう》だ。

荇子が格子のほうを見ると、如子も同時に同じ動きをする。ひょっとして三の宮が簀子にいるのか？　だとしてもこちらに用事はないし、嫌な言い方だが、彼を相手に噂話《うわさばなし》を聞かれないように気遣う必要はない。どうしようかと悩んでいると、今度は奥で妻戸《つまど》の開く音がした。

荇子と如子は顔を見合わせ、まずは荇子がいざりでる。少し先にある妻戸から入ってきたのは、やはり三の宮だった。彼はきょろきょろと辺りを見回したあと、屛風《びょうぶ》から上半身を突き出した荇子と目をあわせる。

「誰？」

奥から如子が問うので、荇子は背をむけたまま三の宮だと告げる。後ろで衣擦《きぬず》れの音がして、気がつくと扇をかざした如子が屛風の前に出てきた。荇子は、この二人が諍《いさか》いめいたものの途中であったことを思いだした。如子は自分への非礼の説明を三の宮に求めようとしたが、九条女御が倒れたところに遭遇《そうぐう》してうやむやになってしまっていたのだ。

三の宮は大股《おおまた》でこちらに歩み寄る。如子は扇をかざし、迎え撃つように立っている。

荇子は膝をついたまま、二人を見上げた。緊張した場面なのに、いつのまにかうっとりと見惚《みほ》れてしまう。ほんとうに目が覚めるほどに美しい二人だった。

三の宮は如子になにかを突き出した。懐紙だった。三の宮に非礼の説明をさせるために如子が渡したものだろう。如子が受け取ったところで、荇子も立ち上がって背後から如子が広げた懐紙をのぞき込む。そこには放ち書きの文字で、先程足を止めた理由が記されていた。如子から匂《にお》った香が、九条女御とよく似ていたからだという。

如子が追及しようとした理由を、あの段階で三の宮は察していたのだ。ということは非礼の自覚はあったのか。いずれにしろいまこうして弁明に来るぐらいなら、あの場に留まってきちんと答えたらよかったのにと思った。

「ああ」

納得したように相槌《あいづち》をうったあと、あらためて如子は三の宮にむかってもうなずいてみせた。すると三の宮は涼やかに微笑《ほほえ》んだ。これまで見せたことのないその表情が、まるで別人のように柔らかかったので驚いた。如子にとっても意外な反応だったようで、彼女は目を瞬かせた。

三の宮は一礼したあと、くるりと背を向けて、来た道を引き返していった。

荇子と如子はぼんやりとその後ろ姿を見送った。たがいに三の宮に対して思うことがあったのだが、それを具体的な言葉にすることができずにいた。

妻戸が音を立てて閉ざされる。その余韻《よいん》が消えてから如子は言った。

「この香の調合は、南院家に伝わるものなの。だから同じ薫りでも不思議ではないわ」

「ああ、そういうことだったのですか」

苻子は鼻をくんくんいわせて如子の身からただよう香を嗅《か》いだ。

華やかな中にもぴりっと芯の通った辛《から》さのようなものがある、南院家というより如子にふさわしい薫りだと思った。

「確かに、ちょっと特徴がありますね。桂皮《けいひ》？　桂皮の分量が少し多めですかね」

「そうよ。なかなかの風流人ね」

冗談めかして如子が言ったので、苻子はあわてて手を振った。

「そんなことはありません。ただ宮仕えをしていると、いろいろな香をきくことも増えますから、それだけですよ」

しばし笑いあったあと、ふと如子は手許の懐紙《かいし》に視線を落とす。三の宮が記した手蹟《て》は可もなく不可もなくの平凡なものだった。そもそも主に子供が使う文字だから、うまい下《へ》手《た》の評価がしにくい。経典の楷書《かいしょ》は驚くほど達筆だったのに、あれは彼にとって文字ではないと遠信は言う。

如子は懐紙から目を離し、三の宮が立ち去った妻戸をじっと見つめた。隙《すき》がないほど整った横顔は、彼女には珍しくなにか憂《うれ》うような空気をまとっている。そのままぽつりと如子はつぶやいた。

「女御様の香を覚えているのなら、以前は仲の良い親子だったというのは本当なのでしょうね」

翌日は四十九日《しじゅうくにち》の法要が執《と》り行われた。

母屋《もや》に壇《だん》を設《しつら》えた寝殿《しんでん》には僧侶の読経《どきょう》が響き、空薫物《そらだきもの》の煙がくゆる廂の間には参列者が出入りしていた。予想していたことだが、やはり人は少なかった。公卿《くぎょう》達は誰も顔を出さずに、彼らの名代として殿上人《てんじょうびと》や家司《けいし》がよこされていた。あわれを隠せない中、帝の名代として唯一無二の寵臣《ちょうしん》・征礼《まさゆき》が遣わされたことは、九条邸の面目を辛《かろ》うじて保つことにはなっただろう。

そんな中、外出が不自由な内親王の身でやってきた女一の宮は、やはり情の深い人なのだと荇子は思った。数珠《じゅず》を手に淡い橡《つるばみ》色の小袿をつけ、几帳《きちょう》で囲まれた上席に座っている姿など女帝のような貫禄《かんろく》がある。

「姫宮様、そちらは煙が強くありませんか?」

いざりよって如子が尋ねる。かねてより好意を持っていたこともあり、如子はなにかと女一の宮に気を配っている。ちなみに九条女御にはお付きの女房がいるので、荇子達があれこれ気を遣う必要もなかった。それで式の最中は、荇子と如子は女一の宮と行動を共にしていた。

「ありがとう、大丈夫よ」

そう言ってから女一の宮は、几帳の上から会場を見回した。

「短期間で、よくここまで設えましたね。ここの女房達はこういうことにはあまり役にたたなかったでしょう」

「えっと……」

言いよどむ苻子の前で、如子は「それはもう」とはっきりとうなずいた。

外から人を呼ぶ儀式を差配するには、専門知識だけではなく世間知も必要だ。表向きのことは男の官吏《かんり》がやってくれるが、奥のことは女房で取り仕切らねばならない。そのあたりは内裏女房《だいりにょうぼう》は慣れている。

九条邸の女房達は、その点ではまったく無知だった。世間から隠れるようにひっそりと暮らしてきた人達だから、いたしかたないと苻子は諦めていたし、如子も承知して愚痴《ぐち》めいたことはなにひとつ言わなかった。だからといってどうかと言われれば、それをはっきりと言ってしまうのが如子である。

「まあ、そのために私達が参ったのでございますから」

「主上も優秀な女房達を抱えて、頼もしいことね」

南院家の姫と、北院家の流れを汲《く》む内親王。二人の美姫《びき》が親し気に話し合う姿など、まさに春蘭秋菊《しゅんらんしゅうぎく》である。

「実は私、姫宮様にお伺《うかが》いしたいことが」

間を見計らったように、如子が切り出した。

「私に、なにかしら」

「三の宮様にはご列席いただかずとも、よろしかったのでございましょうか？」

荇子は耳をすました。

「女御様のご懸念《けねん》もありましてご参加を申し上げることは憚《はばか》られたのですが、私達が接したかぎり、式にご参加いただくことに問題がある方とは思えませんでした」

迷いつつ、言葉を選びながら如子は言う。荇子は昨日の如子の憂い顔を思いだした。

あのとき彼女は、このことを思い悩んでいたのだろうか。聾唖《ろうあ》という不自由ゆえに誤解を受けてしまうが、印象よりずっと常識的で誠実な三の宮を、兄の四十九日という大事な儀式から外してしまっても良いのかと。

「かまわぬでしょう」

あっさりと女一の宮は言った。

「あなたの言うとおり、弟は参加をしても別に問題は起こさないでしょう。おとなしくやりすごすことも可能です。けれど他人と同じように説法を聞くこと、冥福《めいふく》を祈ることができないのだから、故人にも本人にも無意味な時間でしかありません」

女一の宮の言い分を聞いて、荇子は少しばかり自分を恥じた。確かになにも分からぬ状態で長時間拘束《こうそく》されることは苦痛でしかない。参加をしたほうが世間体《せけんてい》的に三の宮にはよいのではと考えたが、常識や世間体に気を取られて、三の宮本人の気持ちにはいっさい考えが及ばなかった。

女御の思惑ではなく、三の宮の状態を汲んだ意見に如子も納得したようだ。彼女は「さようでございますね」と同意した。

それからまもなくして、法要は滞《とどこお》りなく終わった。

そのあと参列者には斎《とき》が振る舞われることになったが、仏具の配置と人数を考慮《こうりょ》して、席は広い南廂ではなく北廂《きたひさし》にもうけられた。名目上の主催者は九条女御だが、斎に参加できるような状態ではなかったので、御簾《みす》内の女主人の席には女一の宮に座ってもらった。

御膳《ごぜん》の準備は、寝殿と東《ひがし》の対《たい》を結ぶ二棟廊で行った。台盤の上に準備した料理を、一人分の懸盤《かけばん》や高杯《たかつき》に形よく盛りつける。ここは九条邸の女房達が中心になって給仕を行ったので、荇子がする仕事はさほどない。

「江内侍、お疲れでしょう。いまのうちにお食事をとってください」

女房が気を利《き》かせて言ってくれたので、甘えることにした。台盤の上に山盛りになった料理から、好みのものをちょいちょいと土器《かわらけ》に盛る。斎はまだ終わっていないのでお下がりではないが、どうせあまるから同じことだ。盤《さら》には屯食《とんじき》（この場合は握り飯）をひとつ放りこむ。これは来賓《らいひん》用ではなく、家人や下位の者のためのものである。

懸盤にのせたそれらを手に、食事をする場所を探して辺りを見回していると、寝殿側の簀子《すのこ》に征礼を見つけた。荇子が歩み寄ろうとすると、征礼のほうが早足で近づいてきた。心喪《しんそう》に準じた青鈍《あおにび》色の袍《ほう》。冠は通常と同じ垂纓《すいえい》である。喪が重い場合は巻纓《けんえい》となる。

「どうしたの？　斎の席は？」

「いや、ちょっと居心地も悪くて」

征礼は気まずげにこめかみのあたりをかいた。不穏な言葉に荇子は警戒するが、征礼はちがうというようにかぶりを振る。

「そうじゃなくて、故人の思い出を語るという感じでもないから」

「ああ、そういうことね」

荇子は思わず苦笑する。斎のさいの話題は故人の思い出話が一般的だが、今回の場合それは難しい。しかも集まった者が名代ばかりなので横のつながりもなく、経や説法を聴く法要のときはよかったが、斎になるとぎこちない空気になってしまう。それに辟易《へきえき》して征礼も逃げ出してきたのだろう。

「もう食事はいただいたの？」

「いや、なんのかんのでまだあんまり」

「じゃあ、ちょっと待っていて」

荇子は自分の懸盤を征礼に渡し、台盤の前に引き返した。そうして大きめの土器に煮物や焼き物、そして屯食を二つ入れた。

「北《きた》の対《たい》に行きましょう。あそこに局《つぼね》を借りているから」

その方向を指さして言うと、征礼は助かったと言わんばかりの顔をした。これは斎の席は相当に空気が良くないのだろうと苦笑しつつ、いまから二人で食事をすることを考えると不思議なほどに心が浮き立つ。

あれこれ話しながら寝殿の簀子を進む。この先が北の対の渡殿《わたどの》につづいている。

「ところで内府典侍《ないふのすけ》は？」

「寝殿の母屋に、女一の宮様とご一緒よ。馬が合うみたい」

「分かったような、分からんような組み合わせだな」

確かに北院家と南院家という、たがいの家筋を考えれば対立してもよさそうな者同士である。しかもおたがいめっぽう気が強い。だからこそどちらかいっぽうが我慢するということはなさそうなので、その点では安心かもしれない。

北の対にあがり、東簀子を進む。その端にある妻戸《つまど》から中に入ろうとしたとき、とつぜん征礼の目が険しくなった。何事かと思って彼の視線を追い、裏庭から歩いてくるその人物に荇子は顔を引きつらせる。

明泰だった。遠目で確信はできないが、おそらくまちがいない。

征礼は懸盤を床に置き、妻戸の前を通り過ぎて北簀子にむかう。荇子も盤を置いて、彼の後につづく。北簀子に出た征礼は、足元の経典《きょうてん》を見てぎょっとする。やむをえない。

「それ、踏んでも大丈夫だから」

「は？」

声を上げかけた征礼だったが、簀子の中ほどで筆を執《と》る三の宮に言葉をなくす。誰かは分からずとも、簀子に経典を記すという奇妙な行為を目にすれば驚いてとうぜんだ。

「いったいなにを……」

この段階で征礼の意識は完全に、明泰から三の宮にと移っていた。

「三の宮様よ」

征礼は目を見開く。足元の経典は、いま三の宮が座っている場所までつづいている。ぎっしりと板床を埋め尽くしている。

「読み書きはほとんどできないんじゃなかったのか？」

「そこにかんしては、色々と説明が長くなるのよ」

二人でごちゃごちゃ言っている最中、背後でがたりと音がした。ふりむくと少し上がった上格子の先に如子がいた。そういえば、このむこうが彼女の局だった。袖口《そでぐち》で鼻から下をおおって目だけで荇子達を見上げる。

「典侍、戻っていらしたのですか？」

「化粧直《けしようなお》しに来たのよ。なにを騒いでいるの？」

「いや、あの……」

ぎこちなく言葉を濁しながら、荇子はちらちらと庭に目をむける。如子は怪訝《けげん》そうに眉《まゆ》を寄せ、顔を突き出すようにして外を見やる。そのときには明泰はもうずいぶんと殿舎に近づいてきていた。

「右衛門権佐《うえもんのごんのすけ》？」

「元ですね」

肯定とも訂正ともつかぬ荇子の指摘を無視し、如子はなぜという顔をする。しかし荇子とて分かるはずがない。

「法要に参列しにきたのか？」

「だったらあの格好はないでしょ」

征礼の言葉に、荇子は素早く突っ込む。明泰は萌黄《もえぎ》色の狩衣《かりぎぬ》を着ていた。どう考えても法要に参加する衣ではないし、そもそも式はとっくに終わっている。正門である東門は人の出入りを確認しているが、裏口は僕や端女《はしため》の使う場所だから、夜ならともかく昼は出入りなど野放図《のほうず》になっている。一部分は遠信の工房になっているから、なおさらだ。

そんなことをひそひそと話しているうちに、明泰がこちらに近づいてきた。なんの用事だ？　征礼はほとんど話したことはないと言っていたし、ただの内裏女房《だいりにょうぼう》に過ぎない荇子とて面識は——。

（あった）

思いだした。例の刃傷沙汰《にんじょうざた》のさい、竜胆宮を匿《かくま》った女房として認識されていたら厄介《やっかい》である。あのとき明泰は泥酔《でいすい》していたと自身に言い聞かせて身構える。いまさら扇《おうぎ》をかざすのもわざとらしい。

距離が詰まるにつけ、酒の臭《にお》いが濃くなる。征礼も少しは飲んでいたが、その比ではない。何日も何日も浴びるように飲みつづけ、身体《からだ》にすっかり染みつかせた者からのみただよう臭いだった。

そうこうしてるうちに、明泰は間近までやってきた。高欄《こうらん》越しに荇子達の姿を確認すると、たちまち拍子抜けした顔になる。あ、覚えていないとほっとした。征礼の顔ぐらいは知っているかもしれないが、長らく宮中から遠ざかっていたからその立場をあまり認識していない。知っていたら竜胆宮より征礼のほうに近づこうとしていたかもしれない。おそらく明泰の目には、殿上人《てんじょうびと》と女房が逢引《あいび》きをしているぐらいに映ったのだろう。

「なにか？」

と尋ねた征礼に、なんでもないと手を振って右に進路を変える。その方向では、三の宮が筆を動かしつづけている。ひたすら作業に没頭しているように見える。物音が聞こえないという事情が一番だろうが、集中力もそうとうに高いのだろう。

明泰は三の宮のいる方向にむかって歩いてゆく。目的が分からない。

「権佐は、三の宮様と面識があるのか？」

「知らないわよ」

両者の関係や明泰が泥酔していることを考えれば、よい予感はまったくしない。荇子と征礼はたがいにうなずきあい、簀子を進んだ。

あんのじょう明泰は三の宮の前で足を止める。酒の臭いがしているだろうに、三の宮は顔を上げる気配がない。もちろん荇子達のほうを見る気配もない。床の振動や香の薫《かお》りは伝わっているであろうに。

三の宮の姿を間近に見た征礼は、その秀麗《しゅうれい》さに驚いたようだった。前情報を聞いていれば誰だって驚く。仏師としての才能を聞く前までは、兄宮と同じように寝たきりだと誤解してる者のほうが大半なぐらいだったのだから。

高欄越しに三の宮を見上げた明泰は、口許を歪めて嘲笑《ちょうしょう》する。あまりにも醜悪《しゅうあく》で、見る者をひどく嫌な気持ちにさせる顔だった。それでもまだ三の宮は気づかない。もういっそこのまま向こうに行ってくれと思ったのだが、明泰は高欄の下から腕を伸ばし、三の宮の前に手を置いた。

さすがに三の宮も気づいて顔をあげる。明泰を目にとめた三の宮は、露骨に不審な顔をした。しかしこの反応だけでは、三の宮が彼を知っているのかどうか分からない。明泰のほうは気づかせるために手を置いたのだから、まちがいなく知っているのだろうが。

「御無沙汰しております」

へらへらと笑いながら明泰は言う。聞こえないことを知っているのに、そんなことをするのは嫌がらせなのか。聞こえなくても口の動きで、なにか喋《しゃべ》っていることは分かってしまうというのに。

三の宮は眉根を寄せ、小刻みにかぶりを振った。最初は聞こえないと訴えているのかと思った。しかし三の宮はすぐに顔を伏せ、ふたたび筆を動かしはじめた。高欄の下に立つ明泰を、まるで存在がない者のようにふるまっている。

明泰の表情が、嘲笑から屈辱《くつじょく》を受けた者のそれに変わるのは一瞬だった。彼は高欄の柱をがしっとつかんだ。なにをやらかすか分からぬ相手だけに、荇子はうろたえる。征礼は腰に差した野太刀に手をやる。よほどのことがないかぎり抜くことはしないだろうが、なにしろ相手には前科がある。

「あなたがまともだったら……」

振動か、あるいは高欄を摑《つか》む手が視界に入ったのか。三の宮は顔をあげた。

「あなた達がまともだったら、こんなことにはならなかった！」

まさしく人間性を疑う発言に荇子は耳を疑う。三の宮が聞くことができないのは、不幸中の幸いというべきか。けれどこれを軽く凌駕《りょうが》するほどの暴言が、明泰の口から続けざまに飛び出した。

「そんなふうになってまで、なぜ生きているのですか⁉　生き恥をさらしてまでっ！　あなたも、あなたの兄も！」

唾《つば》を吐きながらまくしたてる明泰に、三の宮は顔をしかめた。唾がかかるのを嫌がっているのだろうが、明泰の発言のひどさと三の宮のつぶれた虫でも見るような表情の対比が滑稽《こっけい》すぎた。

とはいえ傍で聞けば、明泰の言葉はひどすぎる。征礼が「言葉が過ぎ――」ととがめようとしたときだった。

「道を開けて」

いつの間に出てきたのか、如子が後ろに立っていた。檜扇《ひおうぎ》の上に見える眸《ひとみ》が、瞋恚《しんい》に燃えている。そのくせ日頃まとう冷ややかさもより強めている。炎と氷が同時に存在しているると錯覚するような雰囲気《ふんいき》をまとっていた。

荇子と征礼はなにも言えずに道を譲るしかできなかった。一拍置いてから征礼は「人を呼んでくる」と言った。確かに明泰が前のように暴れでもしたら、男が征礼一人では難儀《なんぎ》するかもしれない。この状況で、三の宮がどの程度あてになるのか、まったく見当がつかない。

「わかった」

荇子の返事を確認してから、征礼は踵《きびす》を返した。

「いまの宮様への言葉、私がそっくりあなたに訊くわ」

簀子《すのこ》に立ったまま、如子は明泰を睥睨《へいげい》した。とつぜんあらわれた従姉《いとこ》に、明泰は目を白黒させる。三の宮は不審と不安を織り交ぜた表情で、如子と明泰の顔を見比べている。

「元右衛門権佐」

元という部分をことさら強調して、如子は呼び掛けた。明泰は敏感に反応して、こめかみを引きつらせて如子をにらみつけた。もちろんその程度のことで如子はひるまない。

「まったく哀れなこと。頼りの父親はとうに身罷《みまか》り、その当時の横暴が災《わざわ》いして手を差し伸べてくれる人は誰もいない。泥船のように沈んでゆく家を引き上げる能力もなく、あげく宮中で不祥事《ふしょうじ》を起こして簡《ふだ》を削られるという、家名に泥を塗る不名誉。そんな生き恥をさらしてまで、なぜあなたは生きているの？」

荇子は震えた。明泰を傷つけるのに、これ以上はないほど的確な、かつ容赦《ようしゃ》ない言葉が小気味よいほどぽんぽんと如子の唇からつむがれる。度胸も語彙《ごい》の豊富さも含めて、これはもはや才能だ。自分なら腹の中で同じことを思っていても、絶対に口にはできない。

（ていうか、まずくない？）

逆上した明泰がなにをやらかすか。なにしろ彼には前科がある。いっても高欄の下にいるから、いきなりとびかかることは無理だろうし、如子のことだからそのあたりも計算して言っているのかもしれないけれど。ともかくはやく征礼が戻ってきてくれないかと、そわそわしながら様子を見守る。

酔いで朱に染まっていた明泰の顔が、面白いように青ざめてゆく。怒りよりも傷ついているのだろう。ただ酒の勢いで辛《かろ》うじて虚勢を保てている。唇をわなわな震わせ、明泰は如子をにらみつけた。

「な、なんという失敬《しっけい》なっ！　なんの権利があって、そんな、そんな侮辱を――」

「権利はあるわ。従姉としてね。あなたは辛うじて残っていた南院家の名誉を、二度と戻れないほどの地に落としたのだから」

その如子の言葉に、明泰はしばし呆然《ぼうぜん》とする。しかし如子は容赦なく、さらに畳《たた》みかける。

「いま、あなたは三の宮様に同じことを言ったでしょう。同じことを言われて自分だけが侮辱を受けたというのは、どういう言い分なの？」

明泰は言葉を失い、やがてその顔をぐしゃあと歪めた。怒りと嘆きにまみれた顔に理性はいっぺんもない。明泰は高欄をよじ登ろうと、右足を簀子板にかけた。

危ないと身を乗り出した荇子よりも先に、三の宮が素早く立ち上がった。そして彼は躊《ちゅう》躇《ちょ》なく明泰を蹴《け》り飛ばした。明泰は呆気《あっけ》ないほど簡単に、地面に転がり落ちた。悲鳴につづいて、なかなかの衝撃音が響いた。明泰に同情する気は微塵《みじん》もないが、さすがに怪我《けが》だけは心配なので高欄の下を見る。彼はのろのろと起き上がりながら腰を押さえている。

「怪我は大丈夫みたいですね」

荇子が言うと、如子はつまらなそうに「三の宮様のためによかったわ」と言った。確かにここで明泰が怪我などすれば、自業自得《じごうじとく》でも三の宮も如子も寝覚めが悪い。

明泰が自分を侮辱したこと、対して如子が反撃をしてくれたことを、聞こえないながらも三の宮は察したのだろう。だから如子を守るために明泰を蹴り飛ばしたのだ。

如子と三の宮は目を見合わせた。それがまるでたがいの琴線《きんせん》に触れあったように、同時に声をたてて笑いだした。言葉ではないが、三の宮の声をはじめて聞いた。笑顔ももちろんはじめてだ。類《たぐい》まれなる美貌《びぼう》の二人が、まるで子供のように身をよじらせて笑いつづけている。明泰を蹴り飛ばしたことにはなんの痛痒《つうよう》も感じていなさそうなあたり、この二人は波長があうのではと思った。

顔を真っ赤にした明泰が、性懲《しょうこ》りもなく高欄に手を伸ばしたとき、征礼が数名の僕《しもべ》を引きつれて戻ってきた。

もろもろの後片付けを済ませ、法要の行程はすべて終わった。

明泰にかんしてはだいぶん脅しておいたので、もうごちゃごちゃ言ってくることもあるまいと征礼は言った。

荇子達は東《ひがし》の対《たい》に足を運び、九条女御に暇《いとま》の挨拶《あいさつ》をした。息子の四十九日《しじゅうくにち》の法要を終えて胸が晴れたのか、九条女御はこれまでの中で一番穏やかな表情をしていた。法事の出席で疲れ果てているだろうに、脇息《きょうそく》にもたれているとはいえ起き上がって応対している。

「これで中陰《ちゅういん》をさまよっていたあの子の魂も、無事に浄土《じょうど》に導かれたことでしょう」

目尻に涙を浮かべつつ、しみじみと九条女御は言う。

「これも姫宮様と、主上のおかげですわ」

母屋《もや》にはふたつ御座所《ございしょ》がもうけられ、九条女御と女一の宮が並んでいる。そのはすむかいに如子が座り、その少し後ろに荇子が控える。そして御簾《みす》を隔《へだ》てた廂には、帝の名代を拝した征礼がいた。

「礼ならば遠信に言ってください」

そう言ったのは女一の宮だった。

「私とこちらをつなげたのは遠信です。あの者が三の宮の仏師としての才能を見出し、けしてあの才能をつぶしてはならない。どうか私に庇護《ひご》をしてほしいと願い出てきたのですから」

稀代の仏師がそこまで見込んでいたことに驚きだが、それだけ三の宮の才能は類まれなるものなのだろう。荇子は二作品しか目にしていないが、素人目《しろうとめ》にも素晴らしい仏像だった。

「主上が認めてくれたことで、どうやらその役割も果たせそうです。三の宮が仏師として身を立てるにあたって、今後はさまざまな人の手を借りることができるでしょう」

女一の宮は断言した。慰めるような優しい物言いではなかったが、そのぶんかえって信憑性《ぴょうせい》が増す。女一の宮はいまでも亡くなった二の宮と、その横暴を許していた九条女御を良くは思っていないのかもしれない。元々そういう話し方なのかもしれないが、ちょっと突き離すような物言いには壁を感じざるをえない。

けれど三の宮の才能は、それらの恨みを越えた先にあった。もちろん三の宮本人に、横暴なふるまいがなかったというのも大きな要因だろうが。

「実は遠信にはもう話を通したのですが――」

征礼が言った。

「身罷られた室町御息所《むろまちのみやすどころ》と姫宮の供養《くよう》のために、像をひとつ納めてほしいとのことです」

九条女御は口許を押さえた。それきり言葉を失ったかのように絶句している。

御斎会《ごさいえ》の迦楼羅《かるら》像は、遠信への依頼だった。のちに作者が三の宮と分かったので、体裁《ていさい》を整えるためにあとから奉書《ほうしょ》を認めたにすぎない。しかし今回の依頼は、三の宮を名指ししてのものである。つまり帝が三の宮の才を認めてのものだから栄誉がちがう。

「それはよかった」

九条女御がまだ絶句しているので、最初に応答したのは女一の宮だった。さきほど彼女が口にしたことが実現したといってよかった。

「……まことに」

ようやく九条女御が声をしぼりだした。

確認の意味なのか、よかったという女一の宮の言葉に賛同したものかどうか分からなかった。ただ彼女はそれ以上なにも言わず、感極まったように嗚咽《おえつ》を漏《も》らした。この泣き声だけで、九条女御の安堵《あんど》が伝わる。

親は子より先に死ぬ。結果として二の宮は先に逝《い》ったが、頼る実家もない彼女は身体《からだ》の不自由な息子達をどれだけ案じていたのだろう。

九条女御のすすり泣きが止んだ頃、それまで黙っていた如子が口を開く。

「今後は御所からの便りも、以前より増して届くことになりましょう。どうぞ三の宮様とともに健《すこ》やかにお過ごしください」

あまり聞いたことのない、如子のやわらかい口調だった。ちょっと怖い気もするが、簀子から明泰を蹴り飛ばした三の宮を、如子が痛快に感じたのは間違いなさそうだった。三の宮への好意が、この珍しい物言いにつながったのだろう。

姪孫《てっそん》を見る九条女御の赤い目は輝いていた。

「では、私達はお暇いたします」

　如子は立ち上がり、促されて苻子も立ち上がった。

　少し離れた場所で控えていた女房が御簾を持ち上げる。女一の宮にも挨拶をして御簾をくぐる。その先で征礼が待っていた。

「ご案内します」

　そう言って先を進んだ女房が妻戸《つまど》を開く。二十代半ばほどの、この邸《やしき》には珍しい若い女房だった。彼女を先導役に、如子を先にして苻子と征礼が並んで進む。

「どうやって来たの？」

「俺は馬だよ。今日は戻らないでこのまま家に戻るよ」

「そうね。御所より近いものね」

　如子は聞こえないふりをしてくれているが、一応声をひそめて話しあう。簀子から中門《ちゅうもん》廊《ろう》に入ってしばらく進む。この先に車寄《くるまよせ》があるので、そこから車に乗る。征礼は騎馬だから、その先の馬場殿《うまばどの》に行かなくてはならない。

　──今日はここでお別れか。

　寂しいというほど大袈裟《おおげさ》ではないが、ちょっと物足りない。苻子が前方の中門辺りに目をむけたときだった。先を進んでいた女房がぴたりと足を止める。とうぜん如子も苻子達も足を止めざるを得なくなる。

「どうしたの？」

一番近くにいる如子が尋ねる。若い女房は少しうろたえ気味に辺りを見回す。何事かと荇子と征礼は不審な顔をする。女房は周到になにかを確認するように繰り返し周りを見回した。

「あの、お話ししておきたいことが……」

声をひそめて女房は言った。どうにも不穏な雰囲気《ふんいき》に、征礼と如子の表情がたちまち固くなる。動悸《どうき》を覚えて、荇子は胸元をおさえた。なんだろう、この胸騒ぎは？　ひどく嫌な予感がする。

「実は……」

さらに声をひそめて女房が伝えたことは、荇子の予想を容易に上回る衝撃的な内容だった。

三の宮が御所に召されたのは、その二日後のことだった。

同母の兄弟の服喪《ふくも》は三か月だから、本来であれば参内《さんだい》は慎《つつし》む期間である。とはいえ晴れの場でもなし、事が事だけにそんなことも言っていられなかった。

九条邸側には、御斎会の迦楼羅像に禄《ろく》を授けたいと伝えている。如子から遠信を通して参内の命を伝えさせた。

話を聞いた遠信は怪訝《けげん》な顔をしたという。確かに禄が理由なら、勅使《ちょくし》を出せば済む話である。他人との交流に憚《はばか》りを持つ、しかも服喪の者を敢えて参内させることに疑問を持つのはとうぜんだ。

逆に九条女御は、驚くほど喜んだという。帝からの依頼の話を聞いたときの彼女の反応を思えば想像はつくことだった。

そして肝心《かんじん》の三の宮はといえば、あんがいにあっさりと了承したという話だった。周りが気をもむほど、三の宮本人は他人の目や意向を気にしていない。それは先日の滞在で痛感した。もちろん聾唖《ろうあ》という状態が理由で、荇子になど想像もつかぬ苦労や孤独、もどかしさ、屈辱《くつじょく》を味わったことはあったのだろう。あるいは周囲を気にしない彼のあのふるまいは、その結果生じたものかもしれない。

御所からの迎えの車で三の宮は参内した。元服《げんぷく》をしていない彼になにを着せればよいのかと九条女御は悩んだらしいが、それは御所で用意するとして納得させた。それゆえ普段と変わらぬ裳付衣《もつけごろも》姿だ。

遠信の工房で僕《しもべ》として働いていた、初老の男を一人伴《ともな》っていた。文字の読み書きなどいっさいできない男だが、付き合いが長いのでなにかと以心伝心しやすい相手なので、連れていけば三の宮が安心するだろうという遠信の提案があったのだ。もちろんこの身分の者を清涼殿《せいりょうでん》にあげるわけにはいかないので、間近な下屋《しもや》に待機させている。

征礼の案内で参上した三の宮を、荇子は東の孫廂《まごびさし》で出迎えた。格子《こうし》のすべて下ろされた室内は薄暗い。辺りはすでに人払いがなされていた。禄の下賜《かし》という晴れの舞台でありえない事態だが、なにもかも経験がない三の宮は疑った様子も見せない。

御簾を隔てた昼御座《ひるのおまし》には帝が座っており、その間近に如子が控えている。

三の宮は帝を見ても畏《かしこ》まりはしなかったが、かといって不遜《ふそん》な態度も示さなかった。帝も別に不機嫌になった様子がなかったから、ものすごくらしいと思った。

荇子は硯箱《すずりばこ》を手に、三の宮の側につく。三の宮はつまらなそうな顔をしたが、警戒するようすはなかった。少し離れた場所に征礼が控える。

御簾むこうから帝のため息が聞こえた。さすがに帝も途方に暮れている。それでもなんということもないような口調で尋ねた。

「二の宮は、なぜ身罷《みまか》った？」

荇子はあらかじめ準備していた書付を三の宮に渡した。帝の言葉を記したものだ。

書付を見た三の宮の顔が強張《こわば》った。やはりそうなのかと、荇子は絶望しかける。

九条邸を出るとき、おびえながら女房が報告した内容は衝撃的だった。

――二の宮の遺体には、首を絞《し》めた痕があった。

その証言を聞いて荇子の脳裡《のうり》に思い浮かんだものは、床にむかってなにかをつかむような動作をしていた三の宮の姿だった。

そうだ、あれは寝ている者の首を絞める動作に似ている。

あのときの荇子はひどく混乱して、その場でこのことを言えなかった。征礼がおびえる女房に他言を禁じたうえで、あとから必ず連絡をすると約束して九条邸をあとにした。征礼は家に帰らず、御所に戻った。疑念は臣下ではなく皇親にかかわることだ。しかもかなり深刻である。となれば帝に直に上申せねばならない。

帰りの牛車《ぎっしゃ》の中で、荇子は如子に三の宮の怪しい挙動について告げた。如子はひどく気難しい表情で黙り込んでいた。二の宮が亡くなってから三の宮が変わってしまった、という九条女御の証言もあわせて、御所に戻ってから全て帝に伝えた。

そうして迎えたのが、いまのこの現場だった。

三の宮は書付を床に置き、がっくりと項垂《うなだ》れた。やはりそうかと納得しながらも、三の宮にもなにか訴えたいことがあるのではと筆を進める。しかし彼は手に取るどころか見向きもしない。色々と複雑にからみあった感情を書字で示せなど、言うは易く行うは難しである。それでもなくとも語彙《ごい》が乏《とぼ》しいうえに、この消沈ぶりでそんな気力はわかないだろう。

「殺《あや》めたのか？」

書付を渡す。三の宮はそれを食い入るように見つめたあと、のろのろと顔を上げた。端整な面《おもて》に、絶望と観念の色が複雑に入り混じっている。この表情を見れば、疑う余地はなかった。そもそもこんな重大な疑惑をかけられて否定をしないというだけで、すでに答えは出ている。

三の宮はゆっくりとうなずいた。荇子は天を仰《あお》いだ。

御簾《みす》内でしばしの沈思《ちんし》を保ったのち、帝は書付に用意していた問いをした。

「なぜ、殺めた？」

三の宮はかぶりを振った。

「分からない？」

怪訝そうに帝がつぶやいた言葉は、書付を準備していなかった。人を殺めておいて、分からないなどの答えが出てくるはずがない。

「分からぬとは、どういうことですか？」

御簾を跳ね上げるようにして如子が出てきた。状況からして、間違いなく帝の命を受けてではない。そもそもそんなふうに叫ばれても三の宮には聞こえない。如子は感情的になったのだ。だから彼女には珍しく、意味のない行動を取っている。

この状況だが、三の宮は驚いた顔をした。御簾内に如子がいることには気づいていなかったようだ。

「それだけのことをしておいて分からぬなどと、そのような無責任は許されません！」

などとまくしたてながら、如子は苻子から筆を奪い取った。三の宮とも似ている美しい顔には怒りと悲しみの色が混濁《こんだく》している。明泰のときなど比較にならぬほど、三の宮のために真剣に怒っている。事実から逃げることをけして許さない。いかにも如子らしい怒り方だ。

「二の宮は苦しんでいたのか？」

冷静な帝の声に、如子は水をかけられたように静かになった。一呼吸置いてから、彼女は本来の冷ややかさを少し取り戻した。

如子は筆を動かし、帝の言葉を放ち書きで記した。

二の宮は苦しんでいたのか？　周りの者が見るに耐えないほど、苦しんでいたのか？　いっそ死んだほうが楽なのではと思うほどに――。

その帝の言葉を見たとき、三の宮ははっとしたように目を見開く。曇りが晴れたように眸《ひとみ》に光を増した。

三の宮は小刻みにうなずいた。ぎゅっと目を閉じて、泣いているのか笑っているのか分からぬような表情をしていた。

帝が御簾を上げるように命じたので、荇子は従った。

平敷御座《ひらしきござ》に座った帝の様子は普段と変わらなかった。姿勢も表情も、その声も。ただ三の宮を見つめるその眸にだけ、深い憐憫《れんびん》の色が浮かんでいた。

「よく、耐えたな」

帝は言った。二の宮の死去の報告を受けたときも同じことを言っていた。あれは二の宮に対する言葉と受け止めていたが、この状況で思うのは、周りで世話をする者達にもむけた言葉ではなかったのだろうか。

荇子は帝の言葉を記そうと、筆先を墨《すみ》にひたす。

――え？

ふと思い浮かんだ考えに、手の動きが止まる。

この場にいる者達の推察はこうだ。三の宮が、兄の苦痛を見兼ねて手にかけた。

けれど三の宮は、二の宮にあまり深い感情を持っていなかったように聞いている。状況と年齢差を考えればいたしかたない。それなら母親をはじめとした周りの者の苦労を見兼ねて手にかけたというほうが、合点《がてん》がいく気はする。

けれど、それも違和感がある。

良くも悪くも自分の世界に引きこもらざるをえない三の宮が、そこまでの義侠心《ぎきょうしん》を周りに対して持つものなのか？

──ちょっと待って。

ここで自分が記した言葉に三の宮がうなずいたりしたら。彼が己の気持ちをうまく表現できないことを理由に、とんでもない誤認を起こしてしまう危険がないか？

背筋が冷えた。考えろ、考えろと荇子は自分に言い聞かせる。

「江内侍？」

様子がおかしいことに気づいたのか、帝と如子が同時に呼びかける。

荇子は筆を置いた。

「あのっ──」

「すみません。そちらに内府典侍《ないふのすけ》か江内侍は？」

台盤所《だいばんどころ》の方向から聞こえたのは、長橋局《ながはしのつぼね》の声だった。人払いをしていたこともあり、襖《ふすま》障子《しょうじ》のむこうで声を張り上げている。荇子は立ち上がって母屋《もや》を過《よぎ》ると、重い襖障子を開く。その先にはそりのあわぬ先輩が気まずげな顔で立っていた。

「どうしたのですか？」

「女一の宮様から、火急の要件故にすぐに渡すようにと」

そう言って長橋局は折りたたんだ消息《しょうそく》を渡した。荇子が受け取ると、彼女はまるで逃げるように襖障子を閉めた。

女一の宮が、如子はともかく荇子に直接連絡をしてくるなど考えられない。おそらくだが急遽帝《きゅうきょ》に伝えたいことがあったのだ。けれど帝という立場上、いろいろと阻《はば》まれる可能性がある。傍付きの荇子達に渡した方が確実だと判断したのだろう。

それほどにして伝えなければならぬ急用とはなんなのか？　もどかしい思いで荇子は文を開く。ややぴりぴりした雰囲気《ふんいき》のある手蹟《て》が、女一の宮の自筆かどうかやりとりをしたことがないから分からない。

ざっと一読してから、血の気がひいた。

――なぜ、この間合いでそんなことが？

訳が分からず混乱する。これは偶然なのか？　起こりうるべきこととして起きたことなのか？　それともなんらかの不測の事態であったのか？

襖障子の前に立ち尽くす荇子に、征礼が近づいてきた。

「どうした？」

「……身罷《みまか》られたそうよ」

「え？」

訝《いぶか》し気な声をあげる征礼に、荇子は文を渡した。そして帝と如子、聞こえないと分かったうえで三の宮にむかって言った。

「九条女御様が、身罷られたそうです」


母親の死について、幼児でもない子供に伝えないわけにはいかない。

身罷ったということだけを記すと、三の宮はさすがに衝撃を受けた顔をしたが取り乱した様子は見せなかった。ただ自ら出ていこうとしたので、それはなんとか引き留めた。考えてみれば足腰には不自由のない若い男性なのだから、普通に自邸まで歩いてだって帰れるだろう。

人目につかぬよう上御局《うえのみつぼね》に案内して、例の僕《しもべ》を特別に上げて様子を見させていた。

三の宮にいろいろと訊きたいことがあったのだが、そのような状況ではなかった。母親の死去を知らされたあとの三の宮は、まるで殻《から》に閉じこもったようになり、書付にもまったく目をむけず、まして筆を執《と》るなど考えられない状態で、火桶《ひおけ》の中でちろちろと燃える炭火をただぼんやりと眺めていた。

大殿油《おおとのあぶら》に火を入れた頃、女一の宮の家司《けいし》だという者が遣いとして参内《さんだい》した。見るからに物堅い印象の中年男は、九条女御が自刃《じじん》したことを告げた。女房が血まみれで倒れている女御を発見したのだという。血の穢《けが》れを忌避《きひ》する貴族社会、しかも女人の選択としてあまりにも苛烈《かれつ》である。

遺書がなかったので事件の疑念もあったが、女御が刃を握っていたこと、身の回りのものがきっちりと整理されていたこともあって自害だと判断された。二の宮の法要もそうだったが、九条邸の女房達はこういう場合になにをどうしてよいかの世間知がない。混乱のはてに女一の宮のもとに駆けこんだという話だった。

一連の報告を述べたあと、あらためて家司は言った。

「葬儀はこちらで上げます、とのことです」

「ならば四十九日《しじゆうくにち》は――」

「いえ、それもこちらでお引き受けいたします。二の宮様は主上にとって弟君ですが、九条女御様は他人ですから」

「それは異母妹も同じことだがな」

呆《あき》れているのか感心しているのか分からぬように帝は言った。女一の宮のように表向きの態度はきつくても、その実で面倒見がよく気風《きっぷ》のよい人間というのは、帝からすれば少し調子を崩される相手なのかもしれない。

家司は三の宮が参内していることを知っていたので、連れて帰ろうかと訊いた。しかし帝はそれを断り、こちらで責任を持って葬儀までには返すと約束した。いま九条邸に戻してしまえば死の穢れに遭遇《そうぐう》したことになり、そのまま重服《じゅうぶく》という一年の長い服喪《ふくも》期間に入ってしまう。そうなれば二の宮の死にかんして真相を明らかにすることが、より困難になってしまうかもしれない。

家司が帰ったあと、帝はぽつりと言った。

「息子のあとを追ったのだろうか……」

ここにいる面子《めんつ》で唯一親となり、その子を失うという悲嘆にくれた経験を持つ帝が口にするとなんとも胸が詰まる言葉であった。

「ですが、まだ三の宮様がいらっしゃいます」

如子の言葉に、征礼が同調する。

「そうですね。まして三の宮様はようやくその才を世間に認識され、母御前としてはこれから先が楽しみな存在でありましたでしょうに」

「それは女御様御本人も仰《おお》せでした。これで三の宮様の将来に筋が見えたように」

「その話を聞くと、自刃の選択はまことに解せぬな」

三人のやりとりを聞きながら、荇子は別の疑問に考えを巡らせる。

解せないことが次から次にと思い浮かんで、けれどそれらがうまくつながらない。

みなが考えているように、三の宮が二の宮に手をかけたとしよう。それがきっかけで九条女御が自死を選んだとしたら、三の宮のあの淡々とした反応はいくらなんでもひどすぎないか？　兄を殺《あや》めた理由が彼を苦痛から解き放つためだったとしたら、その結果として母が身罷ることは想定外だったはずだ。

けれど三の宮は、まるで予想していたことのように母の自死を受け止めた。九条女御には自死をえらぶ理由があった。少なくても三の宮はそれを知っていた。

──ひょっとして？

その考えに至った瞬間、頭の中に立ち込めていた霧のようなものが忽然《こつぜん》と取りはらわれた。荇子は硯箱《すずりばこ》を手に立ち上がった。如子と征礼、そして帝の不審の眼差《まなざ》しなど無視して孫廂《まごびさし》を進む。昆明池《こんめいち》障子を迂回《うかい》して上御局に飛び込む。付き添いの僕が仰天《ぎょうてん》して目を円くしている。三の宮は少し持ち直したのか、とつぜん入ってきた荇子に怪訝《けげん》そうな顔をしている。反応を示してくれたのはありがたい。いきなりの非礼は承知の上だ。だが事は急を要する。彼らにかまわず、荇子は筆を執《と》った。そうして書付を三の宮につきだす。僕は文字が読めないと聞いているから、人払いをする必要はなかった。

——二の宮を殺したのは、九条女御なのか？

その旨《むね》を記した紙を見た三の宮は、いっそう怪訝な顔をした。

正否がどうであれ、これほど過激な問いをされてこんな反応は示さない。けれど三の宮は否定も動揺もしない。それどころか『いまさら？』といわんばかりの反応だ。つまり彼の中では、荇子達はすでにそんなことは承知しているものとなっていたのだ。

やはり、そうか。少し前に繰り広げられた、帝と三の宮のやりとりと思いだす。会話ができる者であれば、それまでの流れで具体的な言葉にせずとも常識的に承知していることを、三の宮は察することができない。

「おい、どうした？」

荇子が開けたままにしていた妻戸《つまど》をくぐって、征礼が中に入ってきた。近づいてきた彼は三の宮の手許にある書付を一読して顔色を変えた。

荇子は腹をくくった。

どれほどの紙を費《つい》やそうと、どれほど煩《わずら》わしくても、一言一句間違いなく記す。

それが一瞬でも冤罪《えんざい》をこうむらせてしまった三の宮に対する、自分の償いだと思った。


それから夜更けまでかけて、荇子は自分達の疑問と三の宮の答えを記しつづけた。

あきらかになった真相は、おおよそ荇子の予想通りだった。九条女御が二の宮を手にかける現場を、三の宮は目撃した。最初はなにをしているのか分からなかった。首を絞めたのだと気づいたときには、事は終わって母親は兄の身体《からだ》から離れていた。

彼女が立ち去ってから、室内に入って兄の死を確認した。それで女房達を呼んだ。

とつぜんすぎる死に、疑念を持つ者はいただろう。けれど追及する者はいなかった。もともといつ亡くなっても不思議ではなかったし、生きていることを痛ましく感じて、かえってよかったと考える者もいただろう。もっと薄情なことをいえば、世話をすることにうんざりとしていた者もいたと思う。

母を追及するつもりはなかった。したくても自分にはできない。兄への情もほとんどなかったから、身罷ったからといってあまり悲しいとも思わなかった。

けれど母は、自分とちがって兄に情を持っていた。だからこそ、なぜあんな凶行に及んだのかがずっと気になっていた。理由はいくらでも思い浮かんだが、どれも決定的なものにはなりえなかった。なにか分かるかと現場で母の動作を真似《まね》てみたりもしたが、やはり答えは分からない。三の宮は母親とこれまでのように接することができなくなり、遠信の工房にこもるようになった。

「だから、苦しんでいたのか？　という主上のお言葉に同意なされたのですね」

如子が言った。荇子はその言葉を記して、三の宮に見せた。

殺めたのか？　という帝の問いを、三の宮は否定しなかった。なぜなら九条女御が殺めたことは間違いなかったからだ。日常的に不自由なく会話ができる者なら、すぐに自分が疑われていると察しただろう。けれど三の宮はそんな言葉ややりとりの機微を容易に理解できないし、荇子達も三の宮の心に渦巻《うずま》く思いを理解できない。

だから母親が殺めたという事実を認めるつもりで、あたかも自分が殺めたかのように誤解させてしまった。

そのうえで彼は、なぜ母親が兄を殺したのかをずっと気に病んでいた。そんなときに帝の『苦しむ姿を見るに見かねて手にかけた』という推測を聞いて合点《がてん》がいったのだ。安堵《あんど》したその表情を見て、荇子達も三の宮が手にかけたのだと納得してしまっていた。なんと恐ろしいことか。四人もの人間が誰一人とて疑わず、無罪の者に殺人の咎《とが》をきせようとしていたなんて。

やりとりを交わした紙は、裏表まで使っているというのにかなりの量になっていた。それでも三の宮の冤罪が晴れたのだから、それだけの労力を割いた甲斐《かい》はあった。

ただ気になることが、まだ残っている。けれどそれは別に明らかにしなくても良いのかと荇子は思った。無理に究明しても、傷となって残るだけかもしれないから——。

だから三の宮が『気になることがある』と記したときは、気が滅入《めい》った。

なぜ、いまなのかと彼はつづった。

少し気持ちが落ちつけば、とうぜん生じる疑問だった。

今回の自刃が後追いか、あるいは罪の意識に耐えられなくなったからなのか、どちらにしても、なぜ今日の日を選んだのか。

「四十九日《しじゅうくにち》までは見届けたかったのだと思います」

荇子がそう言うと、他の三人も同意だというようにうなずく。だから荇子は紙に記して三の宮に見せた。四十九日を滞《とどこお》りなく済ませ、自ら手をかけた息子がきちんと成仏《じょうぶつ》することを確認したかったのだろう。三の宮が追善供養《ついぜんくよう》の意味をどの程度理解しているのか分からないが、彼はあっさりと合点がいった顔をした。

そしてもうひとつの、なぜいまなのかは——。

『なぜ、いまになって殺めたのか』

二十七歳までよく生きていたものだと感心するほど、二の宮の全身状態は悪かった。酷《こく》なことを承知で言えば、ここでわざわざ手にかけずとも先は長くなかっただろう。苦しむ姿を見兼ねてというのはあったかもしれないが、けれど二の宮に対してその価値観で接していたのなら、もっと早く手にかけていたように思う。

「私が奉書《ほうしょ》を命じたからだろう」

帝が言った。苻子は眉《まゆ》を寄せた。さすが、この中で唯一の人の親だ。九条女御の気持ちも一番に想像ができるのだろう。人よりもずっと聡明であるはずの征礼と如子は、意味の分からぬ顔で帝と苻子の顔を見比べている。

「二の宮が殺められたのは、そのあとぐらいだろう」

帝の言葉に苻子は嘆息し「お伝えするのですか？」と尋ねた。

「なにをためらう。三の宮は子供ではない。二十二歳の男だ」

毅然《きぜん》と言われて苻子は抵抗を諦めた。三の宮は不機嫌な表情で紙を突き出した。こんな重要な話をしているときに、急に会話でのやりとりを展開されることは不愉快だろう。酷な推論を伝えられることと、耳が聞こえないのをよいことにごまかされたという屈辱《くつじょく》のどちらがましかといえば、自尊心持つ大人であればたぶん前者だ。

荇子は筆を動かした。

あくまでも推測である。けれどひとつの可能性として、九条女御が二の宮を手にかけたのは、三の宮が世間から認められたことで、この先の生活に目途《めど》がついたことが理由ではなかったのか？

書付を読んだ三の宮は怪訝な顔をした。さらに荇子は筆を動かす。

いまの状態では二の宮がどこまで生きられるのかは分からなかった。けれどももしも自分より長生きするようなことがあれば、そのあとは三の宮の枷《かせ》となりかねない。

それでもそのときの二の宮の状態がもう少し良ければ、せめて床擦《とこず》れの傷が癒《い》えていたのなら、せめて食べ物をむせずに食べられるくらいであれば、九条女御もそこまで思いつめなかったかもしれない。けれど三の宮の将来への希望と二の宮の病態悪化という条件が重なったことで、九条女御は凶行に及んでしまった。

「――ではないかと、考えております」

最初のうちはよく分からぬ顔をしていた三の宮だったが、書付を読み進めるにつけ諦観とも後悔《こうかい》ともつかぬ複雑な表情になってゆく。けれど合点はいったようだった。書付を荇子に返すと、三の宮は静かにうなずいた。

母が兄に手をかけた理由として、ようやく釈然としたのだろう。

兄が不憫《ふびん》だから、あるいは自分が疲れ果ててしまったから――それだけでも十分な動機になりうると他人なら思うが、母として九条女御に接していた三の宮には合点がいかなかった。けれどそこに自分という要因が加わった。自分のために母が兄を手にかけたというのなら、それは彼が知る母親の姿と合致した。

三の宮はぐっと唇をかみしめ、床の一点をにらみつけた。その姿は、こみ上げる様々な感情を堪えているように見えた。

帝は痛ましいものを見るような眼差《まなざ》しをむけ、誰にともなく言った。

「どこぞで休ませてやるがよい」

苻子より先に如子が立ち上がった。苻子は文机《ふづくえ》の上で何十枚も積み重なった紙を見た。不慣れな放ち書きと、複雑な事柄を平易な文章で表すことにはたいそう気を遣った。けれどそれ以上に三の宮は疲れているだろう。そのあげくがこの真相である。

如子は三の宮の傍に膝をつくと、腕を伸ばしてそっと肩に触れる。

そのせつな、三の宮が奇妙な声をあげた。苻子達はびくりとして彼に注目する。如子も驚いて軽く身をのけぞらせた。笑い声は聞いたことがあるが、彼の声を聞いたのはそれきりである。

あ、あ、あという喉《のど》の奥から絞《しぼ》り出したような声は、もちろん言葉になっていない。それは嗚咽《おえつ》にも似ていたが、三の宮は泣いてはいなかった。ただ硬く目をつむり、拳で床を叩きながら彼はうめきつづけた。

如子は浮かしたままにしていた手を胸元に戻し、ぎゅっと指を握りしめた。そのまま傍《かたわ》らで三の宮が落ちつくのをじっと待っていた。帝もそれはしかたがないというように、ただ黙って異母弟の苦悩を見守っていた。


九条女御の自死は公表されたが、二の宮の件は黙された。

さまざまな事情や同情すべき点がいかに多くても、人を殺《あや》めたという彼女の罪をないものにしてしまうことには抵抗があった。

だが被害者と加害者がすでに亡くなった現状で、事が公《おおやけ》になって傷つくのは三の宮一人である。彼自身は人がなんと噂しようと文字通り耳に入らないが、周りの反応を想像すれば将来によい影響があるとは思えない。

その帝の判断に、如子と征礼、もちろん荇子も賛同した。

報告者の女房にも禄《ろく》を渡したうえできっちりと口止めをした。どのみち九条女御の死去にともない、仕えていた女房達は全員が邸《やしき》を引き払った。それでも漏《も》れるようなことになれば、下手人《げしゆにん》は三の宮ではなく九条女御だと公表するのみである。

母親の喪《も》に服した三の宮は、これからよほどのことがないかぎり一年は参内《さんだい》しない。聞いた話では、九条邸と遠信の工房を行き来して生活をしているらしい。

音沙汰《おとさた》もないまま日々は過ぎていき、凍えるような空気もじょじょに緩みはじめる。

壺庭《つぼにわ》のあちらこちらから梅の香りがただよう如月《きさらぎ》に入って間もなくの頃、帝が依頼をしていた、妻子の供養のための仏像が遠信の工房を介して御所に届けられた。

ちょうど公卿《くぎよう》や殿上人《てんじようびと》達も居合わせている頃だったので、その像は女房達も含めて大勢の前で披露されることになった。

如子は帝の間近に控え、荇子は他の女房達とともにさらに奥に座って見守っていた。普段は孫廂《まごびさし》に座る公卿、殿上人も、今日は特別に見やすい場所に席を取る。

命婦《みようぶ》が二人がかりで持ち込んだ像は、子供の背丈ほどの木箱に収められていた。

封じていた紐をほどき、蓋《ふた》を外す。白い布に包まれた像を、これも二人が慎重に取り出して、平敷御座《ひらしきござ》の帝の前に置き直した。

抹香《まつこう》の薫《かお》りが立ち込める。像に塗布しているのか、染みついているかは分からない。

命婦の一人が布を取る。

露《あらわ》になった像の姿に、居合わせた者達が息を呑《の》む。

威風堂々《いふうどうどう》とした荒神ではなく、優し気で美しい女人を象《かたど》った訶梨帝母《かりていも》だった。わが子のために他人の子を喰らう鬼女であったが、仏に帰依《きえ》したことで子供を守る神となった。一般的に鬼子母神《きしもじん》とも呼ばれる女神である。

気品に満ちた面差《おもざ》し。しなやかな身体《からだ》には繊細な襞《ひだ》を描く天衣に身をまとっている。

遠信の作品にもひけを取らぬ、美しい女神像だった。

すべてを包み込むような慈愛《じあい》に満ちた眼差しは、左の腕《かいな》に抱く赤子に一心にそそがれている。

誰もが引き込まれたように、その像を見つめていた。

母との想い出を持つ者はそれを思いだし、想い出を持たぬ者は理想を夢見てしまう。

そんな女神像だった。

「──身罷《みまか》られた御母堂《ごぼどう》の姿を重ねられたのでしょうか？」

公卿の誰かが、嘆息混じりに言った。もちろん九条女御がおかした罪は知らない。人々が知っているのは自死をしたということだけである。

荇子は像を見つめながら思った。

九条女御が自死を選んだ理由は罪の意識や贖《あがな》いではなく、二の宮を一人にさせたくなかったからではなかったのかと。女神がわが子にそそぐ眼差しを見て、そんなことを考えてしまう。

「そうか、薫子《とうこ》がいたか」

帝が独り言《ひとりご》ちた。薫子とは、室町御息所の名前である。それはもちろんすぐに分かったが、発言の真意は即座には分からなかった。荇子は帝の横顔に目をむける。帝は誰にともなく語るように、静かに述べた。

「ならば姫宮《あのこ》も、あの世できっと安らかに過ごしているだろう」

※この作品はフィクションです。実在の人物・団体・事件などにはいっさい関係ありません。

集英社オレンジ文庫をお買い上げいただき、ありがとうございます。
ご意見・ご感想をお待ちしております。


● あて先
〒101-8050　東京都千代田区一ツ橋2-5-10
集英社オレンジ文庫編集部 気付
小田菜摘先生


掌侍《ないしのじょう》・大江荇子《こうこ》の宮中事件簿 五

集英社 オレンジ文庫


2023年12月24日　第1刷発行

著　者　小田菜摘
発行者　今井孝昭
発行所　株式会社集英社
〒101-8050東京都千代田区一ツ橋2-5-10
電話【編集部】03-3230-6352
【読者係】03-3230-6080
【販売部】03-3230-6393（書店専用）
印刷所　株式会社美松堂／中央精版印刷株式会社





ISBN 978-4-08-680530-8 C0193

集英社オレンジ文庫

瀬川貴次

# もののけ寺の白菊丸

実の母と離れ、僧侶となるべく寺で修行を
開始した白菊丸。酒を愛する和尚が
守るこの寺の宝蔵にはもののけ達の
骸が封じられているという。寺稚児たちに
その話を聞いた白菊丸は、新入りの
洗礼として夜にひとりで蔵へ向かい…？

集英社オレンジ文庫

小湊悠貴

# 若旦那さんの「をかし」な甘味手帖

## 北鎌倉ことりや茶話

家事代行サービススタッフの都が
派遣されることになったのは、
若き和菓子職人・羽鳥一成のお屋敷。
自慢の料理でおいしい毎日を築いていく。